중년의 사치

중년의 사치

© 김영희, 2024

1판 1쇄 발행__2024년 05월 31일
1판 2쇄 발행__2024년 06월 30일

지은이__김영희
펴낸이__홍정표

펴낸곳__작가와비평
　　　　등록__제2018-000059호

공급처__(주)글로벌콘텐츠출판그룹
　　　　대표__홍정표 **이사**__김미미 **편집**__임세원 강민욱 남혜인 권군오
　　　　디자인__가보경 **기획·마케팅**__이종훈 홍민지
　　　　주소__서울특별시 강동구 풍성로 87-6 **전화**__02-488-3280 **팩스**__02-488-3281
　　　　홈페이지__www.gcbook.co.kr **메일**__edit@gcbook.co.kr

값 17,000원
ISBN 979-11-5592-317-7　03810

중년의
사치

김영희 지음

작가와비평

책을 내면서

평범한 주부로 살아오던 여정에서 새로운 시도는 하나의 반란이자 기회였습니다. 그 반란은 전혀 해보지 않았던 책과 글쓰기, 강의로 시작되었습니다. 이는 제 삶뿐만 아니라 집안에서의 권력 구도에도 소용돌이를 일으켰습니다. 10년 전, 평범함을 비범함으로 바꾸는 변화를 시도했습니다. 예상치 못한 항해를 시작한 것이죠.

딱히 50대 중반부터 '중년의 사치'를 부리기로 마음먹은 것은 아니었습니다. 어쩌다 보니 본인도 모르게 그리 되었습니다. 오랜만에 만난 지인이 묻더군요. "어찌 그 끼를 잠재우고 살았냐"는 물음을 듣고서야 지난한 삶을 되돌아보았습니다. 전업주부에서 이제는 활동 반경이 꽤나 넓어졌습니다. 주변 분들이 저를 도와주고 격려해준 덕분입니다.

누구나 태어나서부터 많은 곡절을 겪습니다. 자기만의 습관과 인식에 매여 생활합니다. 틀 안에서 벗어나기도 힘듭니다. 평범한 옆집엄마로 지내며 스스로 무능을 탓하고 조바심도 들곤 했습니다. 대부분 베이비붐 세대 남자들이 그러하듯 아내가 남편의 뜻을 따라야 한다는 여필종부女必從夫라는 유교적 풍습이 있었습니다. 소위 현모양처賢母良妻라는 가치를 우선으로 하던 시절에서 크게 벗어날 수 없었습니다.

마음 저편에 자신의 뜻대로 살길 고대했습니다만 자식을 키우며 세월은 그럭저럭 흘렀습니다. 자신이 하고 싶은 일을 할 수 있는 지금은 참으로 행복합니다. 그간 세상을 헛사는 것 같아 늘 안타까웠던 것에 비하면 일취월장한 삶이니까요.

그렇다고 전업주부로 산 세월이 헛된 일이었을까요? 그건 아닙니다. 주부들은 대부분 가족의 건강을 위해 식사 준비도 하고 자녀들의 바른 인성을 기르기 위해 여러 경험을 직간접으로 체험케 인도합니다. 또한 안식처가 평온토록 애씁니다. 그런 주부들의 노력으로 세상이 유지됩니다.

그 무엇으로도 환산할 수 없는 소중한 가치입니다. 예를 들면 가족의 무사함, 두 아이가 경제적으로 독립해 각자의 역할을 잘 수행하고 신혼 시절 단칸 셋방에서 시작하여 내 집 마련에 성공한 뒤 안정적인 생활을 할 수 있는 것 또한 축복이라 생각합니다.

프랑스 사회학자 피에르 부르디외 Pierre Bourdieu 가 '아비투스 habitus'라는 단어를 처음으로 사용했습니다. 아비투스란 우리가 삶의 경험, 특히 어린 시절부터 가족과 공동체에서 습득한 깊이 뿌리박힌 습관, 기술, 성향을 의미합니다. 우리의 인식, 행동 및 반응을 형성합니다.

부르디외는 아비투스가 문화적, 사회적, 상징적, 경제적 자본을 포함한 다양한 자본으로 구성되어 있으며, 이는 심리학, 문화, 지식, 경제, 신체, 언어 등 경험에 맞춰 확장될 수 있다고 제안했습니다. 질 높은 '아비투스'를 몸에 익혀 실천할 때 '중년의 사치'도 저절로 따라옵니다.

저는 나만의 생활 방식과 가치를 실현하기 위해 다음과 같은 활동과 노력을 해왔습니다.

첫째, 내면의 힘을 기르기 위해 자기개발 관련 몇 가지를 시도했습니다. 그중에 제일인 것은 책 읽기와 지속적인 학습입니다. 30년 이상 3천여 권의 책을 읽었고, 10여 권의 책을 쓰며, 매스컴에 칼럼도 기고하면서 CEO조찬 세미나에도 열심히 참여하고 있습니다.

둘째, 사회적 교류를 위해 '최재형기념사업회', '행복경영대학', '웰다잉연구회', '기술독립군C3', 'PHP Korea' 등 여러 단체에 가입하여 활동하면서 새로운 사람들을 만나고 있습니다. 새로운 인적 교류를 하므로 다른 세상을 경험할 기회를 가졌습니다.

셋째, 전문성을 가지고 지속적인 강의나 지식 나눔을 하고 있습니다. 디지털 혁명과 AI 시대에 '디지털 책쓰기 강사'로 활동하면서 어느덧 62차 세미나를 진행하게 되었습니다. 사회 운동으로 '1인 1책갖기 새마음운동'을 장려하기 위해 '디지털책쓰기코칭협회'에서 펼치고 있는 스마트폰 활용 책쓰기 코칭 등 여러 활동에 참여하고 있습니다.

넷째, 나만의 행복이 아니라 타인을 위한 나눔 활동에도 보다 적극적으로 참여하고 있습니다. 어려움에 빠져있는 미얀마 유학생을 돕기 위한 '코미희망장학회' 출범, '끝끝내엄마육아연구소 장학회' 설립, '3060시니어연구원' 활동 등입니다. 이는 문화 교류와 지원에 대한 의지를 보여줍니다. 나눔을 실천하다보니 보람을 느끼며 오히려 제가 행복하다는 생각을 합니다.

다섯째, 몸 건강입니다. 건강을 위한 걷기 등 여러 신체 건강의 중요성을 강조하는 것은 다른 형태의 자본을 유지하는 데 기본이 됩니다. 5년 전부터 매일 5km 걷기를 해왔으며, 트레킹 클럽과 DMZ 생명생태평화 대장정 클럽에서 매달 한 번씩 장거리 걷기 등의 신체 활동에 참여합니다. 지금은 제 삶에서 가장 건강한 상태를 유지하고 있습니다. 함께해 주신 분들께 고마운 생각이 듭니다.

위 활동을 통해 저만의 새로운 세계를 열었습니다. 짬짬이 퍼즐조각이 모여 저만의 '아비투스'가 되었다고 생각합니다. 어려움을 견디고 고지에 오를 때 덤으로 주어지는 '중년의 사치'는 축복입니다.

이제 시작에 불과하기에 항상 겸손한 자세로 정진하고자 합니다. "펜은 칼보다 강하다"라고 합니다. 제 경우에는 의문을 던지며 처음 시작한 책쓰기가 뜻밖의 발단이 되었습니다. '평범한 엄마'로 시작해 희망과 변화의 쌍두마차를 탄 이야기를 여러분과 공유하려고 합니다.

소화가 안 되어 자주 배가 아프고 가사에도 쉬이 피곤하던 저질 체력에서 일생 최고의 건강을 구가하며 생활하게 되었고, 낯선 것들과의 자연스런 만남, 관계의 확장 등으로 제2의 인생을 색다르게 살게 되었습니다. 아직은 부족하지만 반란을 통해 얻은 제 작은 경험과 노하우를 중장년을 준비하는 젊은 분들께 전하고 싶습니다. 여러분과 진솔하고 친절하게 소통하고 공감하길 소망합니다.

끝으로 저를 여기까지 오게 도와준 남편과 가족, 한국디지털문인협회 장동익 고문님 그리고 귀한 인연으로 출판할 수 있게 도움을 주신 ㈜글로벌콘텐츠출판그룹 홍정표 대표님, 임세원 에디터, 예쁘고 멋지게 책 디자인을 해 주신 디자이너 보경샘 감사드립니다.

2024년 연초록 계절에
김영희 씀

목차

1장

내 삶에
반란을 일으켜라

터닝포인트가 되어준
멋진 반란

제 부엌 식탁의 경계에서 반란이 일어났습니다. 시끄러운 항의나 공개 시위가 아닙니다. 제가 가족의 기대와 교육 규범의 본질에 도전하는 이야기를 썼을 때 조용히 열쇠를 찰칵거리는 소리로 반란이 일어났습니다.

저는 평범한 옆집 엄마였습니다. 그런데 책을 쓰고 세상이 달라졌습니다. 10여 년 전, 처음 쓴 책이 《끝내는 엄마 vs 끝내주는 엄마》였습니다. 큰 아이를 키운 생생 리얼 스토리입니다. '가르치지 않을 용기를 가진다면 더 많은 가르침을 얻을 수 있다'라는 소제목이 독자의 마음을 움직인 것 같습니다.

그것은 속삭임으로 시작되었고 포효로 커진 단순한 생각이었습니다. "가르치기를 거부하는 행위를 통해 훨씬 더 심오한 것을 배우고 가르칠 수 있다면 어떨까요?" 이것이 저를 세상으로 이끈 질문이었습니다.

출간 후 예기치 못한 일이 벌어졌습니다. 강의 경력도 없고 강의 교재도 만들어 본 적이 없던 문외한에게 강의 요청이 들어왔습니다. 그 요청을 보이콧할 수는 없었습니다. 초보자에게 연간 170여 회 정도 강의는 버거웠습니다. 소통과 공감을 통한 진정성으로 맥을 이었다고 할까요. 그 후 코로나 팬데믹으로 오프라인 강의는 점점 축소되었지요.

지금은 수필가, 객원기자, 칼럼니스트, 스마트폰 활용 책쓰기 코치로 활동하고 있습니다. 교육 대상자는 주로 시간, 돈, 노하우인 3다3多를 가진 분들입니다. 높은 지위에 있던 그분들은 주로 직장이나 사회에서 아랫사람에게 지시하는 경우가 많았습니다. 퇴직한 그들에게 도움을 줄 스태프가 없어지자 디지털 AI 능력 등이 제로에 가깝게 되었습니다.

아날로그 세대인 중장년층들의 디지털 공백을 돕기 위해 자칭 디지털AI 전도사, 1인 1책갖기 새마음 운동을 전개하고 있습니다. 비록 AI 기술 전공자는 아니지만 교육 강연을 통해 IT기술 사용과 활용, 저변 확대 등에 힘쓰고 있습니다. 스마트폰 무료앱을 활용한 세미나를 통해 책글쓰기나 스마트워킹이 훨씬 효율적이고 경제적인 일이 됩니다. 퇴직한 중장년층들의 답답함을 줄이고 희망의 기회가 되길 소망합니다.

소위 디지털 노마드Digital Nomad 주부로 살기를 선포한 셈입니다. 디지털 노마드란 디지털 유목민이라는 뜻으로 '디지털digital'과 '유목민nomad'을 합성한 신조어입니다. 인터넷 접속을 전제로 한 디지털 기기(노트북, 스마트폰 등)를 이용하여 공간에 제약을 받지 않고 재택·원격근무를 하면서 자유롭게 생활하는 사람들을 말합니다.

누구나 버킷리스트가 있지요. 여러 제약에도 꿈을 실현코자 노력하는 주부는 참 멋집니다. 실천은 굳센 의지와 긍정적 사고의 교차점에서 상승합니다. 창의적 사고로 실천할 수 있는 곳을 찾는 게 노마드 주부가 아닐런지요.

그렇게 되기까지 주부에게는 넘어야 할 산이 많습니다. 주부들은 대부분 가족 건강과 의식주 해결, 자녀 교육에 힘을 쏟느라 자신의 꿈조차 잊고 지냅니다. 어느덧 세월이 흘러 남편은 사회에서 지위를 얻고 자녀도 자라 엄마의 손길이 뜸해질 때가 옵니다. 어느 날 거울을 보면 낯선 중년 여인이 서 있습니다. 주름진 얼굴에 툭 튀어나온 뱃살이 눈에 거슬립니다. 가상 아닌 현실이라 낯설고 우울합니다.

대안은 없을까요? 저는 '333법'을 제안하려 합니다. 자녀와 남편에게만 올인하기보다 30대부터 각각 30%씩 시간, 돈, 노력을 나눠 자녀, 남편, 자신에게 3등분하고 나머지 10%는 남을 돕는 일에 쓰면 어떨까요. 자식을 키우며 틈틈이 장래를 생각해 미리미리 준비하면 됩니다. 작가가 꿈이라면 책을 읽고 글을 쓰고, 화가가 되려면 데생과 그림 그리기를 멈추지 않으면 되지 않을까요.

책을 썼기에 제가 지금 여기에 있으며 삶의 터닝포인트가 되었습니다. 장애물이나 높은 벽도 있었습니다. 어쩌다가 수필가로도 등단하게 되어 새로운 세상을 맞아 즐거웠지만 남편은 "밥이 나오냐 떡이 나오냐"라며 글쓰기 등에 대해 비아냥 조로 말했습니다. 자매들도 "언니, 말년에 편히 지내지, 왜 맨날 책상 앞에서 신경쓰고 그래, 그러다 아프기라도 해봐. 누가 보상해줘"라며 안타까워하곤 합니다.

저를 사랑하는 가족들의 마음을 이해는 합니다. 하지만 스스로의 가슴 뛰는 꿈과 도전의 기회가 있음에 감사합니다. 상상도 못했던 새로운 세상과의 만남은 마음을 설레게 합니다. 몸이 약했던 제가 믿을 수 없을 정도로 최고의 건강을 구가하고 있습니다. 이제 '과거의 나'가 아님을 깨달았습니다. 이는 하고 싶은 일을 하는 덕분 아닐까요. 그런 의미에서 '책쓰기'는 일생 일대의 과분한 반란이자 기폭제였으며 선물임이 자명합니다.

아비투스habitus와 중년의 사치

태양이 인생의 하늘에서 절정에 도달할 때쯤 중년中年이 펼쳐집니다. 개인의 사회적 지위와 문화적 배경에 따라 형성되는 습관이나 행동 방식을 의미하는 '아비투스'는 각자 다른 색깔을 냅니다. 인간은 누구나 자신만의 품격을 가지고 있습니다. 품격은 다양한 요소에 의해 결정됩니다. 독일의 컨설턴트이자 심리학자인 도리스 메르틴Doris Martin이 쓴 책《아비투스》는 인간의 고품격을 결정하는 7가지 자본에 대해 다루고 있습니다.

아비투스(프랑스어: habitus)란 인간 행위를 상징하는 무의식적 성향을 뜻하는 단어로 피에르 부르디외가 처음 사용했습니다. 타인과 나를 구별 짓는 취향, 습관, 아우라로 표현되며 사회문화적 환경에 의해 결정되는 제2의 본성을 말합니다. 상위계층 및 사회적 지위의 결과이자 표현이기도 합니다. 아비투스에서 가장 중요한 요소는 교육으로, 복잡한 교육체계를 통해 이루어지는 무의식적 사회화의 산물이라고 볼 수 있습니다.

아비투스에는 7가지 자본이 있습니다. 이 자본을 잘 활용해 루틴화하면 행동이 되고 습관이 되며 고품격이 됩니다. 나이를 먹으며 품격과 인품을 갖춘 사람이 있고 그렇지 않은 사람이 있습니다. 이는 곧 7가지 아비투스의 영향이 아닐까 생각합니다. 이 기본적인 7가지 '아비투스'를 잘 장착한 사람은 자연스레 '중년의 사치'에 이르게 됩니다.

첫 번째 자본은 심리자본입니다. 자신감, 회복탄력성, 긍정 마인드 등의 심리적 요소를 말합니다. 자신감이 높은 사람은 어려운 상황에서도 포기하지 않고 도전하며 회복탄력성이 높은 사람은 실패를 하더라도 빠르게 극복하고 다시 도전합니다.

두 번째는 문화자본입니다. 예술, 음악, 문학 등의 문화적 요소를 말합니다. 예술을 즐기는 사람은 자신의 문화적 취향을 높이고 이를 통해 자신의 품격을 높입니다.

세 번째는 지식자본입니다. 교육, 경험, 전문성 등의 지식적 요소를 말합니다. 교육을 많이 받은 사람은 자신의 지식을 바탕으로 새로운 지식을 습득하고 이를 통해 자신의 전문성을 높입니다.

네 번째는 경제자본입니다. 소득, 자산, 신용 등의 경제적 요소를 말합니다. 소득이 높은 사람은 자신의 경제적 여유를 바탕으로 다양한 경험을 쌓고 이를 통해 자신의 품격을 높입니다.

다섯 번째는 신체자본입니다. 외모, 건강, 체력 등의 신체적 요소를 말합니다. 건강한 사람은 자신의 체력을 바탕으로 다양한 활동을 즐기고 이를 통해 자신의 품격을 높입니다.

여섯 번째는 언어자본입니다. 언어 능력, 커뮤니케이션 능력 등의 언어적 요소를 말합니다. 언어 능력이 뛰어난 사람은 자신의 언어 능력을 바탕으로 다른 사람과 원활하게 소통하고 이를 통해 자신의 품격을 높입니다.

일곱 번째 자본은 사회자본입니다. 인맥, 네트워크, 평판 등의 사회적 요소를 말합니다. 인맥이 넓은 사람은 자신의 인맥을 바탕으로 다양한 정보를 얻고 이를 통해 자신의 품격을 높입니다.

이런 7가지 자본은 서로 밀접하게 연관되어 있습니다. 심리자본이 높은 사람은 문화자본과 지식자본을 쉽게 습득할 수 있습니다. 경제자본이 높은 사람은 신체자본과 언어자본을 쉽게 향상시킬 수 있습니다. 자신의 품격을 높이기 위해서는 7가지 자본을 모두 균형 있게 발전시키는 것이 중요합니다. 자신의 강점과 약점을 파악하고 이를 보완하는 노력을 해야 합니다.

위 7가지를 몸소 실천하면 '중년의 사치'를 부리면서 산다고 볼 수 있습니다. 이를 실천하는 것은 어렵지 않습니다. 일상생활에서도 자신의 품격을 높이는 노력을 할 수 있습니다. 예를 들어 자신감을 높이기 위해 매일 아침 거울을 보며 미소를 짓고 긍정적인 생각을 하는 것도 좋은 방법입니다. 이들 아비투스는 단시일에 만들어지는 게 아니라는 사실을 인지해야 합니다.

저는 20여 년 전 《이미지 메이킹》이라는 책을 우연히 보고 미소 짓기 연습을 지금껏 해오고 있습니다. 예술을 즐기기 위해 미술관이나 공연장을 방문하거나 독서를 통해 지식을 습득하는 것도 좋습니다. 이 모든 것이 조화를 이룰 때 비로소 품격이 자동으로 따라오겠지요.

건강한 식습관을 유지하고 운동을 통해 체력을 향상시키는 것도 좋은 방법입니다. 자신의 언어 능력을 향상시키기 위해 외국어를 배우거나 다른 사람과 소통하는 기회를 만드는 것도 권합니다. 인맥을 넓히기 위해 다양한 모임에 참여하거나 봉사활동을 통해 타인을 돕는 것도 좋습니다. 이런 '아비투스'를 생활화해 자신의 품격을 높이고 중년의 사치까지 누릴 수 있습니다. 이를 두고 소위 일거양득이라 할 수 있습니다. '중년의 사치'는 자신의 삶을 스스로 조정하며 품격있게 최상층으로 사는 걸 말합니다.

70대 후반인 배우 윤여정이 2021년 4월 25일 한국 배우 최초로 아카데미 여우조연상 트로피를 안았습니다. 윤여정은 중년이라는 늦은 나이에 인생의 최전성기를 맞고 있습니다. 그녀가 말하길 "전에는 생계형 배우여서 작품을 고를 수 없었는데, 이젠 좋아하는 사람들 영화에는 돈을 안 줘도 출연한다"며 "마음대로 작품을 고르는 게 나이가 들면서 내가 누릴 수 있게 된 사치"라 했습니다.

그에 비할 바는 아니만 필자도 그간의 책임감과 압박에서 벗어나 좋아하는 것을 골라 하는 '중장년의 사치'를 누리기에 감사한 마음입니다. 인생의 정원에서 중년은 아비투스의 열매가 수년간 자신의 심리적, 문화적, 지적 자본을 육성하여 키워낸 존재의 사치로 익어가는 계절입니다.

단호히 NO라고 말하라

인생의 수많은 길을 헤쳐 나갈 때 단호하고 존중하는 마음으로 '아니요'라고 말할 수 있는 능력은 배의 돛을 정확하게 설정하는 것과 비슷합니다. 즉, 우리의 도덕적 나침반을 잃지 않으며 격랑 속에서 우리를 인도하는 것입니다.

금수저로 태어나 오냐오냐 키운 자식 효자 있던가요. 우리 속담에 "굽은 나무가 선산을 지키고 못난 자식이 효도한다"는 말이 있지요. 선산이란 대대로 조상의 묘를 써 내려오는 곳을 이릅니다. 좋은 나무는 쓸 데가 많아서 다 베어가 없고 구부정해서 볼썽사나운 나무가 조상의 묘를 지킨다는 말입니다.

부모 자식간의 관계는 묘해서 어릴 때 습관을 바로 잡지 못하면 평생 끌려다니는 삶을 살 수밖에 없습니다. 고질적인 습관은 인생을 좌우합니다. 'NO'라고 말할 용기는 자녀가 어릴 때부터 시작되어야 합니다. 요즘 하나나 둘을 낳아 귀엽다고 자식의 뜻을 다 받들며 사는 경우가 많습니다.

온실에서 자란 식물은 허약하게 짝이 없습니다. 강한 비바람을 맞으며 자란 야생초는 강인합니다. 사람도 그와 마찬가지입니다. 제가 어렸을 때 읍내에 주조장과 방앗간이 있었습니다. 그 집은 부의 상징이었고 마을 사람들 대부분은 그 집 그늘에서 먹고 살았습니다. 그 집 자식들은 호의호식하며 학교도 자가용을 타고 다녔고 다칠세라 깨질세라 돌보미들이 그들을 챙겼습니다. 그러나 지금 그 집의 그 많던 재산은 어디로 다 사라지고 몰락했습니다. 부유함을 지킬 튼실한 후대가 없었던 것이죠. 자식은 많았지만 정신적으로 이끌어갈 지주가 없었습니다. 부유함은 잠시지만 강인한 정신력과 경험을 물려주는 것은 대대손손 이어집니다.

이런 예는 수없이 많아 예를 들려면 한이 없습니다. "부자가 3대를 못 간다"는 속담이 있는가 하면, 어떤 3대는 집안을 일으키는 경우도 많습니다. 재산을 물려주는 것이 아니라 경험과 세상을 살아가는 지혜를 물려주어야 하는 이유가 거기에 있습니다.

부富는 일시적인 것으로 진정한 유산을 쌓는 데 방해되는 경우가 있습니다. 지혜, 성품, 경험 등을 가르치면 어떤 일이 일어나든 대비할 수 있게 됩니다.

박중언 기자가 쓴 책 《노후수업》이 주는 교훈을 참조할 만합니다. 자녀가 빚의 늪에 빠지는 등 도저히 감당이 되지 않는 상황이라면 차라리 자녀를 버리는 선택을 해야 한다며, 그것이 결국 함께 사는 길이라고 저자는 말합니다.

부부와의 관계도 친구나 친지들과의 관계도 NO를 말해야 합니다. NO라고 말하되 진중하고 설득력이 있어야 합니다. 거절에도 단호한 품격이 따라야 합니다. 정중히 거절하는 것은 상대방의 기분을 상하지 않게 하면서 자신의 의사를 표현하는 것입니다.

NO라고 말하지 못한 친구의 사례를 하나 더 들어볼까요. 친구는 맏딸로 태어나 동생 네 명을 거들어야 한다는 관념이 몸에 밴 착한 누나였습니다. 그 친구를 만날 때마다 동생들에게 헌신한 이야기를 자주 듣습니다. 이제와서는 자신이 수십년간 직장생활했는데 남은 돈이 없다며 한탄까지 합니다.

주변 사람들에게 헌신하는 것도 좋지만 정도의 차이가 있어야 합니다. 나이가 들면 특히 경제력이 있어야 합니다. 내가 서지 못할 정도의 경제력은 모든 소망을 가로막습니다. 원하는 걸 할 수 있는 것도 돈이 받쳐줘야 가능합니다.

정중하게 거절하는 것은 상대방과의 관계를 유지하면서도 자신의 의사를 분명히 표현하는 방법입니다. 이를 통해 자신의 시간과 에너지를 보호하고, 스트레스를 줄일 수 있습니다. 경계가 종종 모호해지는 인간관계의 영역에서 '아니요'라고 단호하게 말하는 용기는 단순한 거부 행위가 아니라 우리 개인의 영역을 명확하고 존엄하게 표시하는 심오한 독립 선언입니다. 이를 통해 자신의 삶을 통제하고 자신의 이익에 가장 부합하는 선택을 할 수 있습니다. 스티브 잡스가 말했듯이 "집중하는 것은 '아니요'라고 말하는 것"입니다. 자신의 목적에 부합하지 않는 일을 거절할 때마다 실제로는 자신의 우선순위와 가치에 동의하는 것입니다. 이런 방식으로 자신감과 존중을 가지고 개인 영역을 정의하고 보호합니다.

특히 어려운 대인 관계에서는 거절하는 데 용기가 필요한 경우가 많습니다. 이런 용기는 자신의 필요 사항을 우선시할 권리를 인식하고 다른 사람의 기대를 충족할 의무가 없다는 점을 인정하는 데서 나옵니다. 거절한다고 해서 당신이 나쁜 사람이나 동료가 되는 것이 아니라 책임감 있는 사람이 된다는 점을 기억해야 합니다.

인생의 환승역은 지금 여기

바삐 돌아가는 일상에서 우리는 앞만 보고 달리는 경우가 허다합니다. 우리가 일상의 빠른 흐름을 헤쳐나갈 때 삶의 쉼표는 필수적인 실천이 되어야 합니다. 이는 삶의 방향을 숙고하고 미래에 힘을 모을 수 있는 평온한 안식처를 제공합니다.

인생에는 때때로 '쉼표', 즉 일시 중지나 전환점이 절실합니다. 음악에도 쉼표가 있듯 각 연령대별로 쉼표는 앞으로 가기 위한 과정입니다. 그 환승역마다 내려 자연도 보고 바다도 보며 호흡을 가다듬다 보면 심신을 건강하게 챙길 기회가 생깁니다.

청소년기는 심리적으로 중요한 전환기입니다. 13세에서 19세 사이의 기간 동안 개인은 상당한 인지적, 정서적 성장을 경험합니다. 공부하느라 눈코 뜰 새 없는 시기이지만 사춘기를 겪느라 힘든 청소년기이기도 합니다. 덴마크계 독일인으로 미국에서 활동한 저명한 발달 심리학자 에릭 에릭슨Erik Erikson, 1902~1994은 청소년기를 정체성 대 역할 혼란의 시기로 봤습니다. 이는 개인이 뚜렷한 정체성을 형성하기 전에 자신의 다양한 측면을 탐색하는 때입니다. 청소년들 자신이 누구인지를 성찰하고 탐구하며 이해할 수 있는 시공간을 제공하는 은유적 '쉼표'가 필수적인 것이 바로 이 시점입니다.

20대 중반에서 30대 초반은 사회적 전환의 측면에서 중요한 변화를 나타냅니다. '4분의 1 생활의 위기'라고도 불리는 직장과 결혼을 할 때입니다. 이 기간은 삶의 선택과 방향을 재평가하는 시기이며 많은 사람이 자신의 진로, 관계, 개인적인 목표에 대해 의문을 제기하는 시기이기도 합니다. 이 시대는 청소년기에서 완전한 성인기로의 전환하는 시점입니다. 삶의 궤적을 재평가하고 재조정하기 위한 잠시의 휴식이 필요합니다.

중년의 나이 40~60세는 생리학적 관점에서 볼 때 주목할 만한 전환점입니다. 일반적으로 '중년의 위기'로 알려진 이 단계는 자신의 삶과 업적에 대한 심층적인 재검토가 특징입니다. 여기에는 노화, 사망, 삶의 새로운 의미를 찾으려는 욕구와 씨름하는 경우가 많습니다. 여기서 '쉼표'의 필요성은 삶의 목표와 열망을 재조정할 수 있는 기회를 제공하는 데 매우 중요합니다.

위에서 예시로 든 각각의 전환기마다 성찰, 재평가 및 방향 전환을 위한 일시 중지의 표시로서 쉼표가 갖는 의미는 특별합니다. 일시 중지의 시기와 성격은 개인적, 문화적, 상황적 요인에 따라 개인차가 큽니다. 인생은 잘 짜여진 글과 마찬가지로 쉼표, 즉 잠시 쉬고 성찰하는 순간이 필요합니다.

장수시대에 60세 이후는 자신의 우선 순위, 가치, 시간을 어떻게 보내고 싶은지 재평가할 수 있는 기회입니다. 과거의 교훈이 미래의 가능성과 종합될 수 있는 시점입니다. 60세 이후의 핵심 가치 중 하나는 이전 인생의 책임으로 인해 미뤘던 열정과 관심을 추구할 수 있는 자유입니다. 지금은 직업과 육아에 대한 극심한 압박에서 벗어나 탐험과 발견을 위한 시간입니다. 이러한 자유는 개인적인 성취감과 행복에 대한 깊은 느낌으로 이어질 수 있습니다.

일시 중지 또는 휴식의 전환은 중단이 아닙니다. 이야기의 필수적인 부분으로 성찰과 방향 전환의 기회를 제공합니다. 필수적인 일시 중지를 인식하고 존중함으로써 우리는 더 명확하고 목적 있게 삶의 도전을 헤쳐나갈 수 있습니다.

궁극적으로 더 만족스럽고 의미 있는 삶을 살 수 있습니다. 우리는 이런 일상의 쉼표를 받아들여 명예롭고 중요한 측면인 '인생의 휴식'으로 인지해야겠습니다. 하던 일을 잠시 멈추고 '지금 여기'에서 재점검해도 늦지 않습니다. 2보 전진을 위해 쉬어가기 게임은 어느 세대에든 해당됩니다.

무한히 서두르고 끝없이 요구하는 삶은 종종 우리에게 멈춤의 중요성을 가르치는 것을 잊어버립니다. 성장하고 성찰하며 성장할 수 있는 공간을 찾는 것은 바로 '쉼표', 즉 고의적인 고요함의 숨결입니다. 새로운 활력으로 새로운 길을 계획해 보시면 어떠실지요.

이 나이에 뭘 한다고

코로나19는 시간의 신인 '크로노스Chronos'에 대한 끊임없는 추구를 멈추고 '카이로스Kairos'에 직면하게 하는 세계적인 쉼표 역할을 했습니다. 카이로스란 고대 그리스어에서 유래되었으며, 크로노스로 대표되는 연대기적, 순차적 시간과는 사뭇 다른 개념을 말합니다. 카이로스는 옳고, 시기적절하고, 최고의 순간, 즉 중요한 행동을 수행하는 데 적합한 조건이 갖추어진 결정적인 순간을 의미합니다.

코로나19가 어느 정도 막을 내리니 여러 곳에 사람들이 몰리기 시작합니다. 한동안 다니던 아파트 단지 내 목욕탕에 낯익은 얼굴이 보입니다. 친한 사이는 아니지만 서로 안부를 물으며 무사함을 전합니다. 그중 요즘 어떻게 지내는지가 단골 물음이지요.

나이가 드니 몸이 아프고 의욕이 떨어지며 에너지가 제로에 가깝다고 합니다. 걷기나 일상 생활을 전처럼 하지만 예전 같지 않다고 합니다. 아프고 외롭고 힘든 중년의 시절입니다만 누구나 다

그런 건 아닙니다. 어떤 사람은 나이와 상관없이 의욕적으로 사는 사람이 있습니다. 꿈이 있는 사람은 늙지 않습니다.

계획적으로 생활하고 목표를 향해 도전해 가면 세월이 무색해집니다. 바로 카이로스의 시간을 사는 사람들입니다. 시간의 또 다른 개념은 시간의 질을 의미하는 그리스어 '카이로스'입니다. 이것은 무엇인가 발생하게 하는 창조적 순간을 의미합니다. '크로노스'의 시간이 모두에게 동일하게 적용되는 시간이라고 한다면 '카이로스'의 시간은 사람들에게 각기 다른 의미로 적용되는 주관적 시간을 의미합니다.

코로나19가 그 격차를 더 크게 벌려놓았습니다. 코로나 바이러스가 성행했던 3년 여의 시간 동안 꿈을 향해 정진한 사람과 그렇지 않은 사람과의 격차는 더 커졌습니다. 그 예로 주 52시간 근무제가 바꿔놓은 시간도 그렇습니다. 주 52시간로 바뀌면 개인의 삶의 질이 달라지고 더 건강한 사회인으로 변할 것이라 믿었습니다. 과연 그럴까요?

A라는 사람은 퇴근 후 미래를 위해 이발이나 미용 기술을 배우고 컴퓨터도 배우며 지냅니다. 그 대신 B는 그동안 못 가졌던 여유 시간을 여행이나 취미 생활로 영위해 나갑니다. 나중에 A와 B는 어떻게 달라질까요.

조기 퇴직한 A는 그간 땀 흘려 취득한 자격증으로 당당하게 자기 일을 시작할 수 있습니다. B는 '이 나이에 뭘'하며 머뭇거리는 사이 시간이 흐릅니다. 어떤 기회가 왔을 때 카이로스의 시간은 선택이며 자기 주도적 역량을 가집니다.

주변 사람들에게 제가 하고 있는 일을 소개하며 '스마트폰 하나로 책글쓰기'에 대해 말하면 대부분 머리도 복잡하고 '이 나이에 뭘'이라며 회피합니다. 이 나이가 어떠신데요? 무슨 일이든 열정을 갖고 임하면 재미있고 자신감도 생깁니다.

죽는 순간까지 하고자 하는 일을 해야지요. 하려는 분야를 몇 가지로 나눠 실천해 보세요. 운동, 지적 추구, 심신 안정, 취미, 인적 네트워크 등으로 구분해 정진해 보시길 바랍니다.

매년 7월 중순경이 되면 서울 도심 아파트에도 매미가 노래하기 시작합니다. 매미는 한 달여 카이로스의 시간을 노래하기 위해 17년이라는 긴 시간을 크로노스로 땅속에서 살아야 합니다. 만약 그 기간이 쓸모없다고 불평불만하며 게을리 한다면 카이로스로 살기를 포기하는 것이죠.

대나무가 땅속에서 5년 여간 뿌리를 내려야 하는 것도 마찬가지입니다. 아이가 성장하며 별 성과를 못낸다고 닦달하거나 꾸짖는다면 제대로 성장할 수 없습니다. 자연은 헛된 일을 하지 않습니다. 인간도 자연이기에 순리대로 살길 원해야 합니다.

자율권을 주고 스스로 자라며 즐겁고 행복한 시간을 보내도록 권해야 합니다. 장수시대를 잘살기 위한 축적의 시간이 필요합니다. 바로 '지금 여기'에서 각자 그 길을 추구해야 합니다. 늦은 때는 없습니다. 죽는 날까지 지금을 소중히 여기며 내일 죽을 각오로 임해야 합니다. 당장 죽더라도 여한이 없는 삶은 어떤 걸까요.

성실히 자기 일을 하면 됩니다. 꾸준히 하던 대로 더도 덜도 아닌 그만큼씩만 해나가지요. '지금 이 나이에 뭘'은 자신을 깎아내리는 일입니다. 몸이 아파 운동을 하지 못하면 근육이 빠지고 몸도 허약해집니다. 몸이 허약하면 정신도 허물어집니다. 권태와 우울감이 찾아옵니다. 인생의 낙엽이 그만큼 빨리 집니다. 뇌와 몸은 동격인 듯합니다. 뇌가 작동하지 않으면 몸은 자동으로 작동되지 않습니다.

코로나19의 종식은 단지 정상으로의 복귀가 아니라 많은 사람들에게 교차로를 의미합니다. '단순히 시간을 살아가는 것크로노스'과 '순간을 포착하는 것카이로스'을 구별해야 할 때입니다. 뇌를 활성화하기 위해서도 규칙적이고 꿈이 있는 활동을 하루하루 해봐야 할 것입니다.

산은 물을 가두지 않는다

운해雲海 가득한 모습을 TV에서 보았습니다. 그 모습이 파도치는 듯하기도 하고 환상의 구름과도 같았습니다. 순간 산과 물의 조화로움을 생각했습니다. 조화로움은 양보와 허용에서 이뤄집니다. 산이 물을 붙들어 맨다면 산이 아닙니다. 바다가 되거나 물웅덩이가 되어 산의 형체는 온데간데없겠지요.

산이 산인 것은 물을 아낌없이 흘려보낸다는 뜻이기도 합니다. 그 과정에서 운해를 만들기도 하고 폭포수를 만들고 강에 내려보내기도 합니다. 인간도 같은 이치 아닐런지요. 사람이 성장하려면 나비처럼 자유롭게 날아야 합니다. 장애물도 있겠지요. 성격, 조건, 환경 등 여러 항목이 발목을 잡습니다.

유연한 물은 장애를 넘나들며 흐릅니다. 유연함이 강직함을 앞섭니다. 그 자유함이 경탄스럽습니다. 누구나 물처럼 자유롭게 살 수 없을까요? 각자 원하는 일을 하며 조화롭게 지낼 수 있을까요? 삶은 그리 단순치 않습니다. 하고자 하는 일이 막혀 잘 풀리지 않을 때도 있습니다. 물은 아래로 자연스레 흐르는데 인간은 위로 오르려고만 합니다. 그래서 힘이 들까요?

거기서 부작용이 따르지요. 실의에 빠지기도 하고 욕망의 열차에서 롤러코스터를 타며 감정의 기복도 큽니다. 감정의 기복이 없다면 인간이 아니겠지요? 말없이 흐르는 물을 보며 많은 생각을 합니다. 돌부리에 부딪혀 낙하하는 물은 멋진 형상을 나타냅니다. 여러 모양을 만드니까요. 파란만장한 일을 겪으며 사는 인간도 그런 모습일 듯합니다.

개인적인 수준에서 산처럼 솟아오른 자존심을 가진 사람은 타인으로부터 배우고 지혜를 유지하는 데 필요한 겸손함이 부족할 수 있습니다. 산이 물을 담지 못하듯 과대한 자아는 더 깊은 이해와 지식을 쌓는 데 방해받기 쉽습니다.

사람은 태어나 죽을 때까지 많은 경험을 합니다. 아프고 기쁘고 때론 실의에 빠지곤 하지요. 산 넘어 산이라고 산 하나를 지나면 또 다른 산이 기다리지요. 그게 삶인가 봅니다. 청년기에는 그런 일은 염두에 둘 짬도 없습니다. 희망의 쌍무지개만 바라보니까요. 어쩜 순진한 시작일지 모릅니다. 그런 시기가 없다면 희망은 아예 사라질 테니까요.

사람들이 바라는 내 모습, 사람들이 기대하는 누군가가 되는 것이 아니라 스스로에게 솔직한 내가 되어야 진정한 희망을 사는 것이라 생각합니다. 진정한 내 모습을 모르면 늘 남들이 원하는 모습이 되어 나를 잃어버리기 일쑤이기 때문이죠.

흔히 '결혼은 구속'이라고 합니다. 아이를 낳고 기르며 한동안은 그러겠지요. 아이들이 다 크면 여자들은 어느 정도 할 일에서 벗어나는 순간이 옵니다. 산이 물을 가두지 않을 때 제 모습을 나타내듯 내가 남을 가두지 않을 때 자유로운 영혼이 될 것입니다. 결혼은 구속이라는 말이 해체되는 순간입니다.

결혼이 영원한 안식처가 된다면 더할 나위 없겠지만 그런 일은 불가사의한 일이라고 봅니다. 자기가 원하던 일을 하기 위해 우리는 어떤 준비를 언제부터 해야 할까요? 바로 지금입니다. 물론 미리 그것을 준비한다면 좋겠지만 지금도 늦지 않았습니다. 가장 늦었다고 생각할 때가 가장 빠르다고 하잖아요. 당장 여기에서 시작해야 합니다. 시간은 기다려주지 않습니다.

멋진 사람보다 따뜻한 사람

연결과 공감을 점점 더 중시하는 세상입니다. 따뜻한 리더십은 희망의 등불입니다. 진정한 힘은 권위에 있는 것이 아닙니다. 그것은 단결하고 협력하는 힘에 있습니다. 희망의 등불은 이러한 힘을 이해하는 미래 리더의 길을 밝혀줍니다.

미래 리더는 따스한 리더십을 가진 사람입니다. 멋지고 잘난 사람보다 따뜻한 사람이 왜 각광받을까요? 소통과 공감 능력이 있기 때문입니다. 따뜻한 사람이란 다른 사람을 위로하고 안정감을 주는 사람입니다. 따뜻함이란 일을 노동이 아닌 평화로움과 기쁨으로 만들죠.

카리스마와 수직하향 리더십을 최고로 치던 시절이 있었습니다. 아랫사람을 위협하며 강압적으로 따르게 했지요. 이제는 실력과 노력을 지나 협력이 최고의 생존 방법이 되었습니다. 주변 사람의 협력을 이끌어낼 수 있는 사람을 지도자라고 합니다.

'녹명鹿鳴하라'는 세상에서 가장 아름다운 '울음소리'로 알려져 있습니다. 《시경》에 나오는 녹명은 먹이를 발견한 사슴이 다른 배고픈 사슴을 찾아 부르는 소리입니다. 혼자 배불리 먹고 사는 것을 행복이라 여긴다면 개나 돼지와 다를 바 없습니다. 대부분의 짐승들은 먹이를 발견하거나 잡으면 혼자 먹고 남는 것은 여기저기 은밀한 곳에 숨깁니다. 사슴만은 오히려 울음소리를 높여 배고픈 동료들을 불러 먹이를 나눠 먹습니다.

세상에 사슴의 울음소리를 어찌 이렇게 아름답게 표현할 수가 있을까요. 《시경》에는 '녹명'을 어진 임금과 신하들이 어울리는 것으로 비유했지요. 선정善政의 가장 상징적인 장면으로 본 것입니다. 홀로 사는 것이 아니라 더불어 살고자 하는 마음입니다.

이것을 우리는 자리이타自利利他라고도 합니다. 자리이타는 자신은 물론 남을 위해 불도를 닦으라는 불교 용어입니다. 즉, 남도 이롭게 하면서 자기 자신도 이롭게 하는 것을 말합니다. 자신의 이익과 타인의 이익이 조화롭게 일어난다는 의미입니다.

자리이타 정신을 실천하는 곳으로 유명한 기업이 있습니다. 휴넷입니다. 자리이타에 기반한 행복 경영으로 한국 기업 문화를 바꾸고 있습니다. 최근 기업에서는 성과만을 추구하는 전통적인 방식에서 벗어나 행복경영을 추구하는 경우가 늘어나고 있습니다. 행복경영은 사람 중심의 경영 방식을 뜻하는데, 휴넷의 대표적인 기업문화를 가리키는 단어입니다.

휴넷의 조영탁 대표는 행복 경영의 선한 영향력도 전파하기 위해 행복한 경영대학을 운영하고 있습니다. 행복한 경영대학은 현재 15기가 진행 중인데 벌써 780여 명의 기업 대표 동문을 배출했습니다. 행복경영을 회사에 적용해 성공 사례를 거둔 이야기를 재작년에 책으로 출간하기도 했습니다. 리더의 따스함을 느낄 수 있는 좋은 사례로 봅니다.

리더십의 새로운 시대로 접어들었습니다. 가장 지울 수 없는 흔적을 남길 리더는 어떤 사람일까요? 따뜻한 상호 작용을 바탕으로 하는 리더십은 그것을 권력으로 보는 것이 아니라 진심 어린 참여의 실천으로 변화시키는 사람입니다.

백발 할아버지와의 만남

살면서 때때로 우리는 지혜로운 가르침을 전해주는 이들을 만나게 됩니다. 갓 결혼했던 신혼 시절 어느 날, 시골로 향하는 고속 버스에서 만난 백발의 할아버지도 그런 인물 중 하나였습니다.

옆 좌석에 앉은 할아버지는 제게 인생의 세 가지 중요한 교훈을 전해주었습니다. 할아버지는 인품이 인자해 보였고 머리카락과 긴 턱수염이 희다 못해 눈이 부실 정도였습니다. 자세는 올곧고 키도 컸습니다. 백발 할아버지가 들려준 교훈들은 시간이 흐른 지금도 가치를 잃지 않습니다.

첫 번째 교훈은 딸에게 '운전'을 가르치라 했습니다.

"여자도 자기가 가고 싶은 곳을 훨훨 가야 해요. 그러려면 발이 있어야 하는데 그게 바로 운전이에요"라고 말씀하셨습니다. 이는 여성의 독립과 자율성을 강조하는 것으로 여성이 원하는 곳으로 스스로 갈 수 있는 능력, 즉 '자신의 발'을 갖는 것의 중요성을 일깨워주었습니다. 이는 자유와 독립의 상징이며 자신의 삶을 스스로 결정하고 통제할 수 있는 힘을 말합니다.

두 번째 교훈은 아들에게 '요리'를 가르치라 했습니다.

"부부가 살다 보면 때로 부부싸움을 하는데 여자가 집을 비우면 남자는 굶을 게 아니라 최소한의 자기 밥을 스스로 해결할 줄 알아야 해요. 예를 들면 볶음밥이랄지 김치찌개 정도면 족하지요"라며 잔잔하게 말씀하셨습니다. 30여 년 전 백발 할아버지의 말씀은 꽤 명쾌했습니다. 단순한 생존 기술을 넘어서 남성이 가정에서 적극적인 역할을 수행하며 가정에서의 공평한 역할 분담을 말했지요. 관계에서의 균형과 상호 존중을 촉진한다는 의미도 담고 있습니다. 요즘엔 남녀가 같이 공동살림과 공동육아를 하는데 그 원리를 일찍이 감지한 지혜로운 할아버지였습니다.

세 번째 교훈은, 서로가 함께 살면서 다툴 때도 있지만 그럴 때마다 서로를 이해하고 배려하는 것이 중요하다고 말씀하셨습니다. 갈등을 건강하게 해결하고 더 깊은 관계를 구축하는 데 필수적인 태도입니다.

그때는 아직 아이도 없고 별 생각을 하지 못한 풋내기 결혼시절이었습니다. 백발 할아버지의 말씀이 일리는 있지만 삶의 지혜라고까지는 생각하지 못했습니다. 살다보니 그 할아버지의 말씀이 새록새록 진리처럼 여겨집니다. 삶은 비슷비슷한가 봅니다. 과거나 지금이나 미래 세대들도 고만고만한 고민과 부대낌을 갖고 살아가지 않을까 싶어요.

문명의 발달로 여러가지 환경이 다르겠지만 근본 문제에는 변함이 없는 듯합니다. 필자는 불행히도 딸이 없습니다. 아들 둘에게 뭘 가르쳤나 생각해 봅니다. 여기에 더하여 미래에 살아가면서 우리가 적용할 수 있는 추가적인 지혜를 더할 수 있습니다. 변화를 두려워하지 않고 받아들이는 태도를 가지는 게 중요합니다. 변화는 삶의 필수적인 부분이며 이를 통해 성장하고 발전할 수 있습니다.

다른 사람들과의 관계에서 인내심을 가지고 상대방의 입장을 이해하려는 노력이 필요합니다. 이는 서로 간의 신뢰와 존중을 쌓는 데 도움이 됩니다. 자신에게 충실하면서도 다른 사람들을 배려하는 균형을 찾는 것이 중요합니다. 자기 자신을 소중히 여기면서도 타인의 감정과 입장을 고려하는 것은 건강한 관계를 유지하는 데 필수적입니다.

이런 교훈들은 시대를 초월한 지혜를 담고 있으며 우리 삶에 깊은 영향을 미칩니다. 할아버지의 말씀에 더해진 이 추가적인 지혜는 '시대를 초월하는 인생의 지침'이라고 생각합니다. 백발 할아버지의 가르침과 미래를 위한 추가적인 지혜가 오늘날에도 여전히 유효합니다. 앞으로도 우리 삶에 긍정적인 영향으로 미칠 겁니다. 그 가치는 세대를 넘어 계속해서 전달되리라 봅니다. 내가 백발이 될 때 젊은이들에게 무슨 말을 남길까 고민해야 할 차례입니다.

잘 놀아야 성공한다

일과 놀이의 경계가 모호해지는 세상입니다. 생산성과 즐거움을 능숙하게 혼합하는 '호모 파덴스'는 인간의 잠재력과 행복을 위한 새로운 서막을 예고합니다. '호모-'라고 이름 붙인 인간의 학명은 매우 많습니다. 호모 사피엔스, 호모 에렉투스, 호모 파베르, 호모 루덴스 등등이죠.

'호모 파덴스'는 故이민화 교수가 창안했습니다. 생산적인 인간을 추구하는 '호모 파베르'와 유희를 추구하는 '호모 루덴스'의 합성어입니다. 재미와 생산성을 동시에 추구하는 '호모 파덴스'가 미래의 인재상입니다. 바로 그들이 행복한 삶을 영위하는 미래의 주인공들입니다.

인간의 창의와 감성은 인공지능도 넘볼 수 없는 고유 영역입니다. 로봇을 이기려면 어떻게 해야 할까요. 만들고 즐길 줄 알아야 합니다. 결국 재미있는 일을 즐기며 살 때 효율성도 높아지고 사는 의미도 있을 것입니다. 우리가 사는 이유가 뭘까요? 무엇을 해서 먹고 살까의 문제죠. 태초부터 그것의 진화 발전이라 해도 과언이 아닐 겁니다.

우리는 일을 하며 살죠. 일을 크게 3가지로 구분하면 의미있는 창조적인 일과 재미있는 감성적 놀이와 반복되는 노동으로 나뉩니다. 이 중 반복되고 재미없는 노동은 로봇에게 넘겨주고 사람은 의미와 재미있는 창조성과 인성에 집중하면 됩니다.

세계가 빠르게 디지털화되고 있습니다. 이른바 디지털 트랜스포메이션DT, Digital Transformation은 코로나19로 인한 비대면으로 산업 패러다임이 이동하면서 더욱 빨라졌습니다. 흐름에 발빠르게 움직이면 세계 경제의 선두주자가 될 수 있겠죠. 그렇지 않으면 IT 강국의 지위마저 위태로워질 수도 있습니다.

DT는 4차 산업혁명을 주도한 디지털 기술로 인공지능AI, 클라우드, 사물인터넷IoT, 빅데이터, 모바일 기술, 지능형로봇, 3D프린팅 등이 속합니다. DT시대는 성공 방정식도 달라지고 있습니다. 기존의 성공 방정식은 경쟁을 통해서 가능했지요. 입시나 취업, 승진 등도 경쟁을 통한 승자독식의 형태입니다.

이제 경쟁보다는 협업을 요구합니다. 코로나19 종식을 위해 모든 나라가 함께 방역에 힘썼던 것처럼 말입니다. 교통이나 통신 등의 발달로 세계가 글로벌화되어 하나로 연결되기 때문입니다. 내 아이만 좋은 대학 나와 좋은 데 취직하고 좋은 배필 만난다고 좋은 세상이 될까요. 아닙니다. 친구들과 함께 심신이 건강하고 행복할 때 모두 행복해집니다.

인공지능시대에 머신러닝과 딥러닝은 쉽지도 않습니다. 인공지능과 기술, 로봇의 발달로 일하는 시간은 대폭 줄고 놀 시간이 많아질 것입니다. 그 시간을 놀이와 창의로 연결해 생산성을 높이는 기회를 마련해야 합니다. 워케이션Workcation의 등장 또한 눈여겨봐야 합니다. 워케이션이란 일Work과 휴가Vacation의 합성어죠.

코로나19로 인해 재택근무, 원격근무가 늘어나면서 생긴 새로운 근무 형태를 말합니다. 집이 아닌 다른 곳에서 업무와 휴가를 동시에 누리는 워케이션족이 늘고 있습니다. 현재 일본을 포함한 해외에서는 워케이션 제도를 적용하고 있습니다. 워케이션은 이제 새로운 근무 형태로 자리 잡고 있습니다. 즉, 소비하던 여행에서 일과 병행하는 생산적인 여행은 MZ세대에게도 각광을 받습니다. 제주, 울릉도 등에서 한달 살기가 대표적 예입니다.

자가 생산과 소비인 메이커시대의 도래, 소유에서 공유 경제로의 귀환, 늘어나는 놀이 시간의 향연, 공동체적인 협력과 융화 등이는 곧 우리 조상들이 지구상에 처음 살았던 일상의 모습이 아니던가요?

인간은 이제 그것의 속도나 양을 능가할 수 없습니다. 기계가 하지 못하는 감성과 창의를 발휘해 기계와 친구처럼 살아가야만 합니다. 대개 반복적이고 단순한 일을 사람들은 싫어합니다. 그 일들은 로봇에게 맡기고 사람은 보다 차원 높은 일을 도맡아야 합니다. 앞으로 일하는 시간은 줄고 놀 시간이 늘어납니다. 잘 논 아이가 성공하지요. 졸업장보다 능력을 갖춘 자를 더 옹호해주는 시대가 도래했습니다.

인간 본연의 원시적인 형태로 회귀하는 것 같습니다. 예쁜 브로치를 만든다면 그 디자인을 인터넷에서 공유할 수 있고 3D 프린터로 직접 만들어 필요한 사람에게 나누며 소득도 창출할 수 있습니다. 즉, 생산과 소비를 겸할 수 있는 행태가 도래하고 있습니다. 이 모든 것은 디지털 기술의 발달로 가능해진 일입니다.

미래에 살 우리 아이들을 어떻게 키워야 할까요. 어릴 때부터 재밌고 좋아하는 일을 하도록 해야 합니다. 마음이 평안하고 놀이에 몰입할 때 감성 지수도 올라가지요. 잘 노는 아이가 몰입도도 높고 공부도 열심히 합니다. 잘 노는 아이는 행복하고 공부할 마음도 생기기 마련이지요. 부모들 대부분은 놀이에 대해 부정적입니다. 놀이 개념을 재정립할 필요가 있습니다. 인공지능시대에 진짜 필요한 교육 방법은 놀이에서 비롯되지요.

모든 행동의 기본은 '놀이'에서부터 나옵니다. 놀이는 인간의 가장 원초적 행동이기 때문입니다. 놀이를 하면 몰입, 스트레스 해소, 사회성 발달, 문제 해결, 의견 교환, 타협과 양보 등 많은 이점이 있습니다. 그런 면에서 이제 우리 아이들을 더 원시적으로 키울 필요가 있습니다. 보다 자연 친화적이고 보다 많은 경험을 체득케 하며 놀이를 통해 자유롭게 사고하는 '호모 파덴스'형 인간이 절실합니다.

사랑할수록 거리를 두라

역설적으로 들릴지 모르지만 지속적인 사랑의 본질은 가까이 있어야 할 때와 놓아야 할 때를 인식하는 것입니다. 우리 사이에 허용하는 공간이 신뢰, 존경, 애정이 조용히 피어나는 곳이라는 것을 이해하는 데 있습니다.

사랑하는 사람과 함께 있으면 언제나 행복하고 즐거운 시간을 보낼 수 있을 것 같지요. 때로는 서로의 거리를 유지해야 합니다. 예를 들어 부모는 자녀를 사랑합니다. 자녀가 혼자서 생각하고 행동할 수 있는 시간을 주어야 합니다. 자녀가 스스로 문제를 해결하고 성장할 수 있도록 도와주어야 합니다.

연인 사이에도 서로의 시간과 공간을 존중하는 것이 중요합니다. 상대방이 혼자 있고 싶어 할 때는 그 시간을 존중해주고 자신의 시간을 갖도록 배려해야 합니다. 서로의 의견 차이를 인정하고 대화를 통해 해결해야 합니다.

또 친구 사이에서도 의견을 존중하고 생각과 감정을 이해해야겠지요. 친구가 고민이 있을 때는 함께 고민해주고 조언을 해주는 것도 방법입니다. 친구의 생각과 감정을 존중하고 그들의 선택을 존중하는 것도 아량입니다.

칼릴 지브란의 시 〈함께 있되 거리를 두라〉는 많은 생각을 하게 합니다.

함께 있되 거리를 두라
그래서 하늘 바람이 너희 사이에서 춤추게 하라
서로 사랑하라
그러나 사랑으로 구속하지 말라
그보다 너희 영혼과 영혼의 두 언덕 사이에
출렁이는 바다를 놓아두라
서로의 잔을 채워주되 한쪽의 잔만을 마시지 말라
서로의 빵을 주되 한쪽의 빵만 먹지 말라
함께 노래하고 춤추며 즐거워하되 서로는 혼자 있게 하라
마치 현악기의 줄들이 하나의 음악을 울릴지라도 줄은 서
로 혼자이듯이
서로 마음을 주라. 그러나 서로의 마음 속에 묶어두지는 말라
오직 큰 생명의 손길만이 너희의 마음을 간직할 수 있다
함께 서 있으라. 그러나 너무 가까이 서 있지는 말라
사원의 기둥들도 서로 떨어져 있고
참나무와 삼나무는 서로의 그늘 속에선 자랄 수 없다

이는 함께 하되 각자의 인격을 존중하라는 메시지입니다.

예를 들어 부모가 자녀와 거리를 두면 자녀는 독립심을 키울 수 있습니다. 친구와 거리를 두면 서로의 생각과 감정을 더욱 깊이 이해할 수 있습니다. 연인과 거리를 두면 서로의 소중함을 더욱 느낄 수 있습니다. 사랑하는 사람과 거리를 두는 것은 쉽지 않은 일입니다. 서로의 감정을 상하게 하거나 실망할 수도 있습니다. 성장과 발전을 위해 거리를 두는 것은 중요합니다. 서로의 공간과 시간을 존중하고 성장과 발전을 돕는 것이 사랑의 진정한 의미입니다.

마음의 상처는 가까이 있는 사람, 자주 만나는 사람한테서 더 많이 받습니다. 주방의 그릇이나 부부, 자녀 관계처럼 많이 접촉하고 너무 가까이 있으면 금이 가기 쉽습니다. 심지어는 가장 가깝게 느끼는 부모와 자녀 사이라도 서로에게 안전감과 친밀감을 주는 심리적 거리가 필요합니다. 달과 해 그리고 지구 사이에 절묘한 거리가 있어서 자전과 공전이 일어나 지구에는 밤과 낮이 있고 아름다운 사계절이 있듯이 적정거리는 중요합니다.

그리스의 철학자 디오게네스는 "사람을 대할 때는 불을 대하듯하라. 다가갈 때는 타지 않을 정도로, 멀어질 때는 얼지 않을 만큼 거리를 유지하라"고 했습니다. 인간관계에 적당한 거리가 필요하다는 점을 강조한 것이지요. 한자로 인간人間에서 '사람 인人'은 두 사람이 등을 맞댄 형상입니다. 서로 의지하면서 관계를 맺고 살아가는 존재가 사람이라는 뜻이겠지요. 사람을 가리키는 '人'에 군이 '사이 간間'을 보탠 이유는 뭘까요. 아무리 등을 맞댄 사이라도 둘로 존재하려면 필연적으로 '사이'라는 공간이 필요하기 때문입니다.

'사랑할수록 멀리 두라'는 말을 실천하기는 쉬운 일이 아닙니다. 가까운 사이일수록 쉽게 화를 내거나 가시 돋친 말을 남발합니다. 가족과 가까운 지인들을 가장 쉽게 생각하고 행동하기 쉽습니다. 서로의 본심을 훤히 들여다보고 잘 알고 있다고 착각하는 경우가 많아서입니다. 저는 가장 가까워야 할 자식과 보이지 않게 일정 거리를 두려고 노력합니다. 나름 사랑의 거리두기입니다.

속담 중에 '가까운 사이일수록 예의를 지켜야 한다'는 말이 있습니다. 이는 가까운 사이일수록 서로를 존중하고 배려해야 한다는 뜻입니다. '더 많이 사랑할수록 거리를 더 많이 유지한다'는 개념을 받아들이면 공간이 사랑의 몸짓이 될 것입니다. 자유롭게 성장하고 호흡해야 하는 상대방의 필요성을 인정하는 관계에 대한 더 깊은 이해가 드러납니다.

2장

끝내는 부부
vs 끝내주는 부부

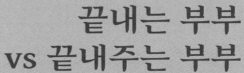

어처구니를 만나면
어처구니없다

　결혼의 종소리부터 결혼 생활의 현실까지는 종종 넓고 낭만적인 선으로 그려집니다. 곧 이야기할 제 사랑하는 친구가 발견한 것처럼 가족과 함께 따르는 예상치 못한 책임과 같은 세부 사항이 부부의 미래를 재정의할 수 있습니다.

　결혼의 하이라이트는 신혼여행이라 했던가요? 달콤한 결혼 생활을 꿈꾸며 신혼여행을 간 친구 부부가 있었습니다. 3박 4일 경주의 고풍스런 고적과 부곡 온천, 속리산 법주사 코스인 단체 신혼여행이었습니다. 동행했던 신혼 부부들은 각기 가는 곳마다 인증샷을 찍고 맛난 것도 먹으며 즐겁게 시간을 보냈어요. 신혼여행을 무사히 마치고 돌아와 드디어 신혼생활이 시작되었습니다. 신혼집이래봤자 단칸 셋방살이였지만요. 새로운 생활에 대한 기대가 가득했죠.

　아직 젊고 철없던 때라 어여쁜 삶을 기대하며 시작하는 시절이었으니까요. 미래를 진지하게 논하며 신혼을 설계하지는 못했지만 그래도 성실히 살면 뜻하는 게 이뤄지리라는 막연한 기대를 했지요. 하필 분홍빛 신혼 첫날에 그들 부부에게 뜻하지 않은 복병이 일어났습니다.

"여기에 적힌 건 조카들 생일이야. 그 날짜가 되면 생일 축하 카드를 보내든가 선물을 보내주면 좋겠어요."

그야말로 손바닥 절반 크기의 조그만 수첩에 30여 명의 조카들 생년월일이 깨알처럼 적혀 있답니다. 친구 남편은 8남매 막내로 조카들이 그렇게나 많은 걸 처음 알았답니다. 그들에게 뭔가를 베푸는 게 삼촌의 도리라고 생각한 모양입니다. 그래도 그렇지, 남편의 요구가 친구에겐 큰 부담으로 다가왔으며 그것도 일회성이 아니라는 것에 적잖이 두려웠답니다.

그런 갸륵한 뜻이 친구 남편에게는 소망이었겠지만 친구에겐 큰 짐으로 다가왔습니다. '시지프스의 신화'처럼 크고 무거운 돌을 영원히 산 정상으로 밀어올려야 하는 형벌처럼 느껴졌기 때문입니다. 친구는 아직 그런 경험을 해보지 않았기에 은근히 놀라며 할 말을 잃었습니다.

그의 이벤트성 주문 치고는 거대했습니다. 친구는 어찌할 바를 몰랐고 무엇보다 결혼 생활의 서막이 이러니, 회색빛 미래를 보는 듯해 매우 안타까웠습니다. 흔히 소설이나 영화에서 어떤 이야기를 전개할 때 미리 복선을 깔듯 앞으로 펼쳐질 일들에 대해 복선을 깐 셈이었습니다. 영화의 한 장면이라면 차라리 좋겠다는 마음으로 두 눈을 질끈 감았습니다.

순간 이를 어떻게 처리해야 할지 궁리하기 시작했습니다. 상대를 배려하지 않는 친구 남편의 처사를 이해할 수 없었고 분노까지 치솟았습니다. 무슨 그리 효자라고 원가족에 대한 애틋함을 신혼 색시인 친구에게 가혹한 주문을 하다니요. 원가족이란 출가하거나 입양되기 이전의 원래 가족을 말합니다. 그녀는 그렇게 첫 신혼을 시작하며 고민에 빠졌습니다.

본인을 사랑한다고 믿었던 남편에게 적잖이 실망을 하게 된 단초가 되었습니다. 사실 그렇다고 실망의 말들을 그에게 노골적으로 표현하지 못한 바보였고요. 하지만 의사 표현은 해야만 했기에 망설였습니다.

친구는 얼굴에 철판 깔기를 해야겠다는 생각이 문득 들었다고 합니다. 연애할 때도 거절이라는 걸 해 본 적이 거의 없었지만 신혼 초 남편의 요구는 친구에게 불가능하게만 느껴지는 일이었습니다. 만약 그걸 그냥 묵인한다면 무언의 허락일테니 결단의 말을 전해야 했습니다.

요즘 세대들은 어떤가요? 여러분, 신혼 첫날 무슨 얘기를 하며 미래를 설계하시나요? 뜻하지도 않은 일로 신혼 여행에서 돌아온 첫날 황금 같은 시간대에 '어처구니'를 만난다면 어떻게 대처하시겠어요. 여러분들은 지혜로워서 잘 처리하리라 봅니다. 게다가 요즘 MZ세대들의 경우라면 어떤 답이 나올지 퍽 궁금합니다.

사실 친구의 치부를 드러내 부끄럽기도 하지만 하나의 사례로 함께 이야기해 보고 싶었습니다. 미래를 설계하고 기획하는 데 조금이라도 도움이 될까 싶어 적었습니다. 그 사실을 여기에 발설한 걸 친구 남편이 안다면 노발대발할 테지요.

이제 40여 년이 흘렀으니 톡 까놓고 얘기할 때가 되었다고 봅니다. 근데 친구에게 딸이 있어 다행입니다. 만약 딸이 없다면 친구 남편이 아내의 처지를 이해하기가 쉽지 않았을 테니까요. 친구 남편이 어떤 반응을 보일지 매우 궁금합니다. 또 한번의 지뢰밭이 될지도 모릅니다.

이미 자녀가 그들의 신혼 때 나이를 훌쩍 지났으니 그들에게도 어떤 복병이 있었을지 모를 일입니다만 묻고 싶네요. 남의 어려운 점을 간접 경험하는 것도 매우 중요하다고 봅니다. 상처를 가슴에 묻어두면 병이 되고 나누면 공감이 될 테니요.

우리는 상처입고 불행하려고 태어난 게 아니라 행복을 누리려고 태어났습니다. 신혼여행의 달콤함으로 시작되는 여정인 결혼은 '가족의 의무'라는 미지의 영역으로 재빠르게 여행할 수 있습니다. 한 친구의 경험에서 그토록 뼈저리게 드러나듯이 이러한 의무는 새로운 관계의 구조 자체에 도전을 던집니다. 여러분, 인생살이는 산 넘어 산이라고들 하잖아요. 고비고비 수많은 난관을 잘 극복해 행복하길 바랍니다.

유대인의 자장가 속 돈 이야기

별이 빛나는 하늘 아래, 세상의 어린이들이 모험과 마법에 관한 이야기에 눈을 감는 동안 유대인 자장가는 다른 종류의 마법을 엮어냅니다. 돈을 이해하고 관리하는 것이 독립과 성공의 미래를 여는 열쇠입니다.

돈을 잘 관리하시나요? 돈 관리하는 방법을 아는 것이 마법의 열쇠를 갖는 것과 같은 세상이라고 상상해 보세요. 이것은 많은 유대인 가족들이 믿는 것입니다. 유대인 부모는 아주 어린 나이부터 아이들에게 이 돈이라는 마법의 열쇠에 대해 가르칩니다.

우리의 아이들은 자기 전 공주와 왕자로만 가득한 이야기를 듣고 자랍니다. 대신에 유대인 아이들은 돈을 저축하고 가진 것을 현명하게 사용하며 독립하는 기쁨에 대한 교훈의 스토리를 들을 수 있습니다. 예를 들어 유대인의 자장가에 대해 이야기해 봅시다.

아이들이 잠들 수 있도록 도와주는 단순한 노래가 아닙니다. 멜로디로 둘러싸인 짧은 레슨 같습니다. 달콤한 꿈을 꾸길 바라는 마음과 함께 용돈 관리를 현명하게 하는 것의 중요성을 알려주는 자장가를 상상해 보세요. 이런 방식으로 아이들을 가르치는 것은 우연이 아닙니다. 그것은 돈에 대해 신중하게 생각하는 유대인의 전통입니다. 이는 아이와 함께 성장할 지식의 정원을 위한 씨앗을 심고 현실 세계를 준비하는 것과 같습니다.

유대교 문화에 돈을 잘 벌려면 보물 상자가 나타나기만을 바랄 수는 없다는 믿음이 있습니다. 지도를 배우고 지형을 이해하고 미션을 직접 시작해야 합니다. 이들은 이 환경을 통해 성공적으로 자신의 길을 탐색한 사람들을 존경합니다. 그들의 전략을 이해하고 그런 다음 자신의 전략을 적용하는 것을 뜻합니다.

부모는 이 모험의 가이드입니다. 그들은 황금을 발견했을 때의 이야기만 하는 것이 아닙니다. 그들은 또한 길을 잃었을 때를 공유하여 모든 모험에는 기복이 있음을 아이들이 이해할 수 있도록 합니다. 승패를 포함하여 돈에 관해 공개적으로 이야기함으로써 그들은 자녀들에게 경제적 탐구에 대한 보다 균형 잡힌 시각을 제공합니다.

많은 유대인 가정에서 아이들은 단순한 구경꾼이 아닙니다. 그들은 승무원의 일부입니다. 가족이 치킨집을 운영하는 경우 아이들은 실제 경험을 통해 요령을 배우거나 가상 가게 관리와 같은 놀이를 통해 도움을 줄 수도 있습니다. 이것은 단순한 놀이 시간이 아닙니다. 미래의 모험을 위한 훈련입니다.

이제 폭풍이 몰아치는 동안 가족의 배가 가라앉기 시작한다고 상상해 보십시오. 어떤 사람들은 아이들이 모든 것이 괜찮다고 생각하게 하고 걱정으로부터 보호하는 것이 최선이라고 생각할 수도 있습니다. 그러나 폭풍우를 견디는 방법을 배우고 보물을 잃어버렸다가 다시 찾을 수 있다는 점을 이해하는 것은 중요한 교훈입니다. 그것은 모든 훌륭한 모험가에게 필요한 자질인 회복력과 적응성을 가르칩니다.

《탈무드》와 같은 고대 유대교 문헌의 지혜도 이 과정을 말하며 "인생은 예측할 수 없다"고 가르칩니다. 준비와 용기, 지혜가 있다면 어떠한 어려움에도 맞설 수 있습니다. 이는 단지 부를 모으는 것뿐만 아니라 부를 관리하는 방법을 이해하고 인내심을 소중히 여기도록 합니다. 신중한 계획을 세우고 장기적인 보물에 관한 결정을 내리는 방법을 안내합니다.

유대인의 지혜는 '진정한 부란 그것을 천천히 축적하는 방법을 아는 것'입니다. 이는 동전 하나하나의 가치를 평가하고 현명하게 소비하는 데서 나온다고 말합니다. 예를 들어 새로 나온 자동차 구매에 즉시 돈을 낭비하는 대신 진정으로 원하는 것을 위해 저축하는 일의 가치를 이해합니다. 오늘 걷는 것이 내일 더 큰 꿈을 위해 저축한다는 의미를 깨닫는 것입니다.

이 보물찾기 여행은 단지 금을 모으는 것만이 아닙니다. 그것은 돈의 가치를 이해하고, 돈을 현명하게 사용하는 방법, 용기와 지혜로 인생의 모험에 맞서는 방법에 관한 것입니다. 유대인의 가르침은 이러한 모험을 탐색하기 위한 지도를 제공합니다. 보물뿐만 아니라 여행 자체를 강조하며 배움, 성장 그리고 가장 귀중한 보물은 종종 상자에서 발견되는 것이 아님을 압니다. 여행과 함께 배운 교훈에서 발견된다는 이해로 가득 차 있습니다.

유대인들의 가르침인 《탈무드》에 지혜의 보물이 가득합니다. 부모는 어린 아이들에게도 경제지식의 저변을 이야기로 풀어주어 이해를 돕습니다. 그 후 가정에서부터 집안일 돕기 등 작은 실천을 통해 몸소 읽힙니다.

따라서 광대한 삶의 바다에서 항해를 시작할 때 유대 문화의 이야기, 가르침, 전통은 나침반 역할을 할 것입니다. 재정적 성공뿐 아니라 이해, 목적, 능력이 풍부한 삶으로 인도합니다. 어떤 파도가 다가올지 탐색하기 위해 그들은 어릴 때부터 만반의 준비를 배웁니다. 유대 부모의 포괄적인 관념에 그들이 세계 경제를 쥐락펴락하나 봅니다.

인생의 급행 열차를 타고 보니

인생이라는 급행 열차를 타고 우리는 존재의 지형을 탐색합니다. 해가 지날수록 속도가 빨라지고 어제와 내일 사이의 경계가 모호해집니다. 매 순간은 소중합니다. 누구나 청년이었고 누구나 노년이 됩니다. 우리는 매일 조금씩 늙습니다.

삶이 길고 대단하다고 여겨지지만 실상 그렇지 않습니다. 팔팔하던 젊은 시절, 시간은 더디게 흐르고 세월은 한없이 느리게만 느껴집니다. 인생의 반환점을 돌고 나니 시간과 세월은 너무나 빠르게 다가오고 사라집니다. 마치 인생의 급행열차를 탄 듯한 느낌입니다.

올라갈 때는 끝없이 먼 길 같던 인생이 내려올 때는 너무나 빠른 지름길로 변합니다. 인생의 시계이자 삶의 달력입니다. 아등바등 한눈 팔지 않고 죽도록 일만 하며 살지는 않으셨나요? 멋지게, 폼나게, 당당하게 한 번 써 보지도 못하고 죽음을 맞이하는 세대가 아닐런지요.

위로는 엄한 부모님을 공경하고 아래로는 자식에게 올인했습니다. 손주까지 가슴에 안고 어깨 위에 매달면서 온몸이 부셔져라 일만 합니다. 자식들 뒷바라지하면서 부모를 돌보는 세대를 '샌드위치세대' 혹은 '낀세대'라고 합니다.

당연히 자식들에게 효도를 받아야 할 것으로 생각하는 부모세대와 자신의 노후는 스스로 알아서 준비해야 한다고 생각하는 자식들 사이에 끼어 있는 세대입니다. '말초세대'라고 부르는 사람도 있습니다. 효도를 해야 하는 마지막 세대이자 효도를 받지 못하는 첫 번째 세대라는 자조 섞인 한탄입니다. 그러면서도 '나는 괜찮아'라고 하는 세대가 베이비부머세대입니다.

자식 보험을 들고 계시나요. 이제 스스로 노후 준비를 해야 하는 '자기보험'을 들어야 하는 세대입니다. 자기 보험이 안전한 노후 대비임을 미리 알아야겠습니다. 살아보니 인생 별 것도 아니고 삶도 그리 대단한 것 아닙니다. 길 것 같던 인생은 절대로 긴 것이 아닙니다.

우리는 가끔 흔들리고 부딪치며 때로는 절망에 빠져보기도 합니다. 그 과정에서 소중한 깨달음을 얻습니다. 다시 희망을 품은 시간들, 사랑하는 시간들, 다시 시작하는 시간들 안에 새로운 비상이 있음을 압니다.

흔들림 또한 사람이 살아가는 한 모습입니다. 실망이나 절망에 아파하는 것도 살아가는 한 장면입니다. 적당히 흔들리며 아파하며 소리를 내며 살아야 사람다운 사람입니다. "흔들리지 않고 피는 꽃이 어디 있더냐"라는 말처럼 인생의 급행열차에서 흔들림과 회복을 반복하며 살아갑니다. 그 과정에서 우리는 삶의 진면목을 배웁니다.

존재라는 급행 열차를 타고 여행하는 인생은 계절과 풍경을 통과합니다. 각 계절은 우리가 선로를 따라 더 멀리 여행할수록 가속되는 것처럼 보이는 세월의 무게를 짊어지고 있습니다.

마음의 텃밭에 무엇을 심을까

　우리가 이 세상에 태어나는 순간부터 여러 제약에 직면합니다. 일부는 안내하고 일부는 제한합니다. 이 긴장 속에 부여된 한계의 층을 벗겨내며 존재의 본질을 이해하려고 노력했습니다. 내가 누구인지 핵심을 밝히기 위해서 말입니다.

　자신을 알기 전에 구속의 굴레를 알아야 했던가요? 참과 거짓이 무엇인지 구분도 못했네요. 때로 구속은 엉터리였습니다. 그럴 때마다 자신의 가치와 존귀가 저 너머로 도망가기도 했습니다. 그걸 붙잡기 위해 온 힘을 다해보지만 역부족을 느끼지요. 단맛 쓴맛을 보며 엉터리 같은 세상에서 엉터리로 살지 않으려고 안간힘을 쓰곤 했습니다.

　인간에게는 고유한 인격과 품격이 있습니다. 그것을 어떤 것으로도 구속할 이유가 없습니다. 사랑의 결속이라는 단어로 붙들어매면 어떨까요. 금방 들통나기 쉽습니다. 조그만 아이들에게도 인격이 있습니다. 아이들도 구속하면 싫어합니다. 그것을 인정하고 자유롭게 해주는 부모가 좋은 부모입니다.

부부도 마찬가지입니다. 사람은 평생 성장해야 한다고 봅니다. 서로 자유롭게 성장하도록 돕는 게 좋은 부부입니다. 질시와 무배려와 아집으로 상대를 내 식대로 끌고 가려면 부작용을 일으킵니다. 부부간에 시소 게임은 불행을 자초합니다.

시소에는 평행이 존재하지 않습니다. 한쪽이 올라가야 다른 쪽이 내려옵니다. 시소에서 중립은 정지이며 불통의 시간입니다. 부부의 평행은 적당히 내려놓을 때 시작됩니다. 그렇듯 자기 소유물이 아님을 지각할 때 일은 풀립니다.

완전한 인간은 없습니다. 평생 완성의 과정에 있다고 봅니다. 완성체로 가려는데 방해꾼이 있다면 어떨까요? 그것도 남도 아닌 가족의 일원이라고 생각해 보세요. 제 살 깎기죠. 알아도 알지 못하는 미궁의 세계가 있습니다.

그게 바로 다툼과 화입니다. 세월이 흐르면 서로를 이해하며 웬만하면 싸우려 하지 않습니다. 다만 비아냥으로 약간의 자존심을 건드리거나 우스개로 넘길 여유도 생깁니다. 여기서도 "다 지나가리라"는 말이 통합니다. 여유가 생기면 되돌아보며 생각해 볼 염도 생깁니다. 세월의 가르침도 무시 못하겠지요.

사물을 바라볼 때 거리두기를 해야 잘 보이듯 코밑까지 바짝 들이대면 보이는 게 극소수입니다. "등잔 밑이 어둡다"는 속담도 같은 이치입니다. 객관적 바라보기가 되면 더 좋겠지요? 인간은 자기 고집에 목숨을 걸기도 합니다. 자기 생각이 옳지 않다는 걸 잘 알면서도 서로 우깁니다. 자멸의 길이지요. 상대에게 마른 상처를 남기지만 마음 깊은 곳에 슬픔과 우울의 강물이 흐릅니다.

틱낫한 스님이 말하는 '마음 밭 갈기'에서 지혜를 얻어볼까요? '화'란 신체 장기와 같아 함부로 떼어낼 수 없는 '화', 마음의 상처에서 생겨 끝내 습관이 되고 마는 이 '화'는 '마음의 씨앗'입니다. 이를 인정하고 찬찬히 들여다보고 결국 다스릴 수 있는 것도 '화'라고 말합니다.

때로 욱하는 성질을 부려 상대를 당혹스럽게 하기도 하지요. 이 모두는 화의 일종입니다. "화는 상대방에게도 해롭지만 자신에게 더 큰 해를 끼친다. 화를 내게 한 원인보다 화 자체가 더 해로움을 기억하라"는 톨스토이의 명언을 성찰해 봅니다. 화의 사촌쯤 되는 욱하는 성질을 가진 사람은 스스로 뒤끝이 없다고 말합니다. 과연 그럴까요? 앞끝과 뒤끝의 차이는 뭘까요?

이런 일들로 시간을 낭비하지 말자는 교훈입니다. 살아갈 시간이 그리 많지 않습니다. 내일 일도 모르고 지금 이후의 일도 더구나 모릅니다. 가랑비에 옷 젖는다고 나쁜 기억들을 만들지 않도록 우리는 서로 노력해야 합니다.

성격이 하루 아침에 개조되지는 않겠지만 독한 공부를 하거나 아니면 병마나 어려움을 만나 죽을 고생을 하면 생각이 달라질 수 있다고 합니다. 화, 부정적인 생각, 아집과 생고집 등은 삶에서 가면을 쓴 채 자기뿐만 아니라 상대에게도 독으로 작용합니다. 이는 곧 마이너스의 삶을 사는 것과 같습니다. 독침을 매일 맞으면 쓰러집니다. 독침이 쌓이면 큰 독이 됩니다.

사회적 기대와 개인적 열망은 밀고 당기는 줄다리기입니다. 자아실현을 추구하는 데 있어 자제의 필요성에 대해 의문을 품습니다. 바로 이러한 제약이 없을 때만 우리의 진정한 자아가 나타날 수 있는지 궁금합니다. 아무튼 개개인의 마음에 향내나는 사랑과 행복을 심으면 온 세상이 따스해지겠죠. 마음의 텃밭에 무엇을 심으실런지요.

황혼 이혼 그리고 졸혼卒婚

백세시대는 건강과 장수의 향상뿐만 아니라 결혼 유대에 대한 재평가도 가져왔습니다. 황혼 이혼과 졸혼은 사랑, 헌신, 개인의 자유가 변화하는 풍경을 반영합니다. 예전에는 부부가 나이 들면 서로 이해하고 존중하면서 함께 사는 경우가 많았습니다. 요즘에는 예외도 많아졌지요.

부부가 오랫동안 함께 살면 서로의 생각이나 감정이 맞지 않아서 갈등이 생길 수 있습니다. 부부 중 한 명이 나이가 들면서 건강이 나빠지거나 경제적으로 어려워져서 이혼을 선택하는 경우도 있습니다. 부부 사이에 문제가 생기는 경우도 많아졌어요. 이런 문제 중 하나가 '황혼 이혼'입니다. 황혼 이혼은 부부가 오랫동안 함께 살다가 나이가 들어서 이혼하는 것을 말합니다.

오랜 부부생활이 서로에게 익숙해져서 서로를 이해하지 못하는 경우가 생길 수 있습니다. 또 부부 중 한 명이 일을 너무 열심히 해서 가족과 함께 시간을 보내지 못하는 경우도 있지요. 이런 문제들이 쌓이다 보면 부부 사이에 갈등이 생기고 결국 이혼하게 됩니다.

요즘에는 황혼 이혼 대신 '졸혼'을 선택하는 부부도 있습니다. 졸혼은 부부가 이혼하지 않고 서로의 삶을 자유롭게 사는 것을 말합니다. 부부가 서로 간섭하지 않고 각자 자신의 시간을 즐기면서 사는 거죠. 이런 졸혼을 선택하는 부부가 늘어난 이유는 부부가 서로의 삶을 존중하고 서로의 자유를 인정하기 때문입니다. 부부가 함께 사는 것보다 각자의 삶을 즐기는 것이 더 행복하다고 생각해서죠.

졸혼이 모든 부부에게 좋은 것은 아닙니다. 부부가 서로의 삶을 존중하지 않으면 졸혼이 오히려 부부 사이를 더 멀어지게 할 수도 있어요. 부부가 서로의 경제적인 문제를 해결하지 않으면 졸혼이 오히려 부부 사이를 더 어렵게 할 수도 있습니다.

우리나라에서는 황혼 이혼과 졸혼이 매년 늘어나고 있습니다. 2022년에는 결혼한 부부 중에서 20년 이상 함께 살다가 이혼한 부부가 36.8%나 된다고 합니다. 또, OECD 국가들의 20년 이상 이혼 평균 비율은 26% 정도인데 우리나라는 이보다 훨씬 높은 수치를 기록하고 있습니다.

국가 통계청 자료에 의하면 20년 이상 결혼 생활을 유지하다 갈라서는 소위 황혼 이혼 비율이 오히려 늘었습니다. 2020년 33.4%, 2021년 34.7%, 2022년 36.8%로 황혼 이혼은 매년 증가하는 추세입니다. 이는 결혼생활에서 발생하는 갈등과 문제들이 중장년기까지 지속되는 경우가 많기 때문입니다.

중장년의 이혼 비율이 4년 이내 이혼하는 신혼 이혼 비율을 넘어선 것이 2012년부터입니다. OECD 국가들의 20년 이상 이혼 평균 비율 26% 정도에 비해 높은 수치입니다.

이런 문제를 해결하기 위해서는 부부가 서로의 삶을 존중하고 서로의 자유를 인정하는 것이 중요합니다. 부부가 함께 시간을 보내면서 서로를 이해하고 관심을 가져야 해요. 부부가 함께 살기 위해서는 서로의 생각과 감정을 솔직하게 표현해야 합니다. 서로의 의견을 존중하는 것이 필요하죠. 부부가 함께 문제를 해결하기 위해서는 서로의 의견을 듣고 생각을 공유하는 것이 중요합니다.

황혼 이혼과 졸혼은 부부가 서로 맞지 않아서 생기는 문제입니다. 그래서 부부가 서로 소통하고 공감하는 것이 중요합니다. 서로 노력해서 황혼 이혼과 졸혼을 예방하고 행복한 결혼 생활을 유지하는 게 좋겠지요. 이런 노력을 통해 부부가 서로의 삶을 존중하고 서로의 자유를 인정하면서 함께 행복하게 살 수 있을 것입니다.

아빠육아, 황혼육아 트렌드

현대 육아의 중심에는 역할의 중요한 변화가 있습니다. 요즘의 아빠들은 자녀 양육에 적극적으로 참여합니다. 또한 엄마들의 직장생활로 육아를 전담하는 할머니, 할아버지 육아인 소위 '황혼육아'가 새로운 트렌드가 되고 있습니다. 한때는 상상할 수 없었던 회복력과 헌신으로 육아를 하고 있습니다. 전통 육아 방식이 자연스레 탈바꿈 중입니다.

30~40대 아빠들은 직장에서 뿐만 아니라 가정에서도 분주합니다. 가족의 생계를 책임지며 육아와 가사까지 분담하려는 '아빠' 직분이 참 눈물겹도록 애틋합니다. 예전에는 육아를 엄마의 몫이라고 여기는 경향이 많았습니다. 이제는 사회 형태의 변화로 부부가 합심해 아이를 기를 수밖에 없는 형편이 되었습니다.

핵가족화, 소수 자녀, 공동체의 부실 등이 가져온 자연스런 일입니다. 요즘 '독박육아'라 하는 이유도 거기에서 기인합니다. '독박육아'란 남편 또는 아내의 도움 없이 혼자서 육아를 도맡는 것을 말하는 신조어죠. 여성의 사회진출로 또 다른 사람이 대신 육아를 감당해야 하는 일이 빈번해졌습니다. '황혼육아'와 '육아 대디'를 주변에서 흔하게 접할 수 있는 이유입니다.

'황혼육아'는 이미 자식을 다 키운 할머니, 할아버지가 손주를 키우는 경우를 말합니다. 우리나라에서 황혼 육아는 이미 하나의 육아 문화로 자리 잡았습니다. 조부모에게 아이를 맡기는 가정이 전체의 70% 수준에 육박하는 것으로 추정됩니다.

최근 여성들의 경제활동 참여가 활발해지면서 조부모가 손주를 키우는 가정이 늘어나고 있습니다. 특히 젖먹이를 둔 직장맘은 아이를 시설에 보내기보다 가정에서 단독으로 양육하는 것을 선호합니다. 일차적으로 조부모에게 의존하게 됩니다. 조부모에게 자녀 양육을 맡기는 것은 자녀의 정서 발달에 긍정적인 영향을 미칠 수 있습니다. 하지만 조부모의 건강 문제나 양육 스트레스 등 부작용이 발생할 수 있으므로 신중하게 결정해야 합니다.

'육아대디'는 알다시피 아빠가 하는 육아를 지칭합니다. 그와 흡사한 '프랜대디'도 만들어졌습니다. '프랜대디friend daddy'란 최근 육아에 대한 아버지의 역할이 강조되면서 육아에 소홀하지 않고 적극적인 아빠를 의미하는 단어로, 이 프랜대디에 대한 관심이 높아지고 있습니다. 이들은 자녀에게 엄마만큼 가까운 존재로 인식됩니다. 이 정도로 육아 환경이 과거와는 확연히 달라지고 있습니다.

한편으로는 얼마나 다행스런 일인지 모릅니다. 과거에는 산업역군으로 아빠들이 직장에 나가 온전히 일에만 헌신했습니다. 애석하게도 아이가 생각하기에 '아빠란 돈 버는 사람'으로 인식하기에 이르렀습니다. 신새벽에 나가 오밤중에 들어온 아빠는 고이 잠든 아이의 얼굴만 보는 형편이었으니 그럴 만도 합니다.

게다가 젊은 아빠들은 과거 본인 아빠의 생활 모습이 뇌리에 박혀 있습니다. 침묵으로 근엄함을 일관하고 놀아 주기는커녕 두렵기까지 했던 아빠. 아빠의 그런 모습이 당연시되었던 시절이었습니다. 흔히 아이를 낳은 사람보다 기른 사람이 누구냐에 따라 아이에게 기억되는 양이 비례한다고 합니다. 아이를 낳아 늑대우리에서 키운다면 외형적으로는 사람 모습이지만 늑대처럼 행동을 학습합니다. 자라는 환경에 따라 행동이 좌우됨을 알 수 있습니다.

과거 농경사회나 산업사회에서는 아빠가 존재하기는 했으나 부모 자식으로 교류할 시간이 없었습니다. 그런 환경에서 자란 과거의 아이들은 자연히 아빠와 거리감이 있었습니다. 아빠는 있으되 사실상 부재했던 아빠의 자리는 생각보다 그 폐해가 컸습니다.

요즘엔 부부 공동 육아가 중요시되고 있습니다. 그런 마당에 필자의 전작 《끝내는 엄마 vs 끝내주는 엄마》에 아빠 교육편이 빠져 있다며 후속 작품에서 그 내용을 기대하는 분들이 있어 잠깐 어필합니다. 공무원이었던 제 아버지는 전근이 잦았습니다. 어머니는 시집살이로 시부모 곁에서 지냈습니다. 할아버지는 동네 호랑이라고 소문날 정도로 엄격하신 분이셨습니다. 할아버지의 가르침은 한결같았습니다.

아버지 사랑의 부재를 할아버지가 대신한 셈이었습니다. '동네 어른을 보면 인사 잘 해라. 공부해서 남주냐? 열심히 해라' 등등. 그래도 그때는 다행스럽게도 사회 공동체가 아이를 키웠습니다. 동네사람과 대가족이 아이를 키운 셈이었습니다. 그나마 동네에서 많은 분들의 사랑을 듬뿍 받았습니다. 인사를 잘하고 상냥하다는 이유만으로도 그랬습니다. 지나고 보니 그게 바로 인성 공부였습니다.

산업혁명 시대에 대개의 아버지는 일독에 빠졌습니다. 게다가 유교 사상으로 권위를 내세우며 윗대에게 물려받은 무뚝뚝이가 최선인 양 일관했습니다. 필자의 아버지도 별다를 바 없었습니다. 법 없이도 살 사람이라고 동네사람들이 말하곤 했습니다.

하지만 자식에게 주는 사랑의 기술에는 서툴렀습니다. 형제들은 사랑의 빈곤함을 느끼면서도 아버지한테 쉽사리 다가가지 못했습니다. 사랑은 거리 간격이 좁을수록 돈독합니다. 쓰다듬고 다독여주는 스킨십이 갖는 의미는 매우 크다 할 수 있겠습니다. 그게 바로 애착입니다.

아빠와 부딪치며 놀고 뒹굴며 스킨십할 공백이 컸던 아이는 늘 공허함을 느낀답니다. 애착기 사랑이 빠져서입니다. 그나마 과거에는 동네 친구와 많은 형제 속에서 어느 정도 사랑을 보충받을 여력이 있었습니다. 놀이의 위력은 그만큼 크지요. 하지만 지금 세상에 부모가 아이와 놀아주지 않는다면 어디에서도 되찾을 수 없는 외톨이 환경이 되고 맙니다. 형제도 없고 동네도 그 역할을 대신하지 못하기 때문입니다.

요즘엔 아이를 하나나 둘 낳아 어려서부터 학력 위주 공부에 시간을 주로 보냅니다. 뛰놀며 뇌와 몸을 활성화해야 할 아이들에게 감옥 같은 환경입니다. 누가 내 아이와 놀아주며 인성을 키워 줄까요? 핵가족에서 답은 오직 아빠입니다. 요즘 아빠들은 현명해서 그걸 인지합니다. 하지만 인지와 실천은 다르지요. 실천이 없는 이론은 지식에 불과합니다. 지혜를 얻지 못하니까요.

오늘 당장 지금부터 실천하면 어떨까요. 아이와 따스한 눈 맞춤, 공감, 이해, 놀이, 칭찬, 스킨십을 통해 좋은 관계를 만들고 집중해서 아이와 함께 놀자고요. 1일 1행으로 작게 실천해 봅시다. 그럴 때 아이는 진짜로 아빠가 나를 사랑한다는 걸 느낍니다. 진솔한 사랑 저축을 차곡차곡 한다면 아빠가 힘이 떨어질 때 기꺼이 사랑 에너지를 꺼내서 아빠를 도울 것입니다. 생의 막바지에 멋진 친구 하나를 얻은 것이나 마찬가지겠지요.

부부의 착각, 무엇이 문제인가

부부가 오래 함께 살아가면서 종종 겪는 착각들은 부부 관계에 예상치 못한 영향을 미칠 수 있습니다. 부부가 오래 살면서 발생할 수 있는 착각은 서로에 대해 모든 걸 안다는 착각입니다. 사람은 끊임없이 변하고 성장하므로 착각은 상대방을 이해하는 데 방해가 될 수 있습니다. 서로에 대한 깊은 대화와 경청을 통해 착각을 극복하고 상대방을 더 깊이 이해할 수 있습니다.

부부의 착각 1순위는 항상 함께 해야 한다는 생각입니다. 부부라고 해서 모든 시간과 활동을 함께 해야 하는 것은 아닙니다. 각자의 개인적인 시간과 공간이 필요합니다. 이는 오히려 관계의 질을 높일 수 있습니다. 서로의 독립성을 존중하고 개인적인 취미나 관심사를 가지는 게 중요합니다.

결혼 생활하다 보면 부부간의 갈등이 생깁니다. 이를 관계의 종말이라고 착각합니다. 갈등은 모든 관계에서 자연스러운 일부입니다. 갈등을 건강하게 해결하려는 노력은 오히려 관계를 더욱 굳건하게 만듭니다. 소통과 이해를 통해 갈등을 해결하고 서로의 차이를 존중하는 것이 중요합니다.

또 다른 착각은 시간이 모든 문제를 해결해준다는 착각입니다. 문제를 방치하고 시간이 해결해줄 것이라 기대하는 일은 해결책이 아닙니다. 문제에 적극적으로 접근하고 해결을 위한 노력이 필요합니다.

또한 부부 관계가 항상 예전과 같아야 한다고 착각합니다. 어느 부부는 좋게 지내다가도 토라지면 "당신 요새 예전 같지 않아"라고 말합니다. 당연히 세월이 흐르며 변화하지요. 예전과 같기를 바란다는 건 자기 욕심에 해당합니다. 그 말을 하는 당사자는 어떤지요.

나이가 많은 부부 중에도 해서는 안 될 말을 많이 하는 부부들이 있습니다. 남편이 잘 쓰는 말 중에 "평생을 뼈 빠지게 처자식 벌어먹였다"는 말입니다. 아내가 자주 쓰는 말 중에 "나 아니면 당신이 어떻게 지금 존재하겠어요?" 하는 말이죠. 이것은 상대의 자존심을 가장 상하게 하는 치졸한 말입니다.

부부는 어떤 거래를 하며 살아온 것이 아닙니다. 지금까지 인류의 역사가 그랬듯이 남녀가 만나 가정을 꾸리고 서로 도와 자식 낳고 사는 자연의 섭리입니다. 그것은 상대를 위해 희생해 온 것이 아닙니다. 각자 자기가 살기 위해 협력한 것입니다. 그것을 마치 상대를 위해 일생을 바친 것처럼 생각하고 있다면 한참 잘못된 착각입니다.

누가 더 많은 일을 했는지, 누가 더 많은 고통을 겪었는지는 중요하지 않습니다. 모든 단계가 함께 이루어졌고 모든 도전이 공유된 공동의 탄력성을 통해 이루어졌다는 것을 인정하는 것입니다. 인내는 이러한 이해를 키우는 토양입니다. 단지 시간을 기다린다는 의미가 아니라 평온함과 공감을 적극적으로 배양하는 기다림에 관한 것입니다. 사람들은 나이가 들수록 자신의 방식이 더욱 굳어지고 역설적으로 변화나 비판에 더욱 민감해질 수 있습니다.

여기서 인내심은 듣는 것, 정말로 듣는 것, 응답하거나 보복하는 것이 아니라 이해하고 공감하는 것입니다. 거친 말이 나올 때 입을 다물고 친절한 어조를 선택하고 더 큰 계획에서 별 문제가 되지 않는 작은 짜증을 버리는 것에 관한 것입니다.

"남남 간에도 도와준 것은 즉시 잊어버리고 남에게 신세를 진 것은 절대로 잊어버리지 마라"는 말처럼 부부간에도 마찬가지입니다. 또 부부가 시비를 걸 때 항상 상대의 단점을 꼬집어 트집을 잡는 경우가 많습니다. 가장 상처를 크게 받을 말을 골라서 하지요. 상대의 단점을 지적하지 말고 자기의 장점을 주장하지 말아야겠습니다.

"말 한마디에 천 냥 빚을 갚는다"는 말도 있지만 세 치 혀로 사람을 죽일 수도 있습니다. 부부 사이에 너무 말을 함부로 하는 경향이 있습니다. 특히 노인이 되면 너그러워야 할 텐데 그 반대입니다. 조그마한 일에도 화를 내고 풀어지지 않습니다.

그래서 평생을 살아온 부부가 하루 앞을 생각 못하고 이혼하는 경우도 있습니다. 여기에는 지식의 유무도 큰 영향을 주지 않습니다. 중장년 부부들이 주의해야 할 점은 일상의 언어 사용입니다. 좋은 말만이 아니고 어감도 다정해야 합니다.

외견상으로는 그렇게 금슬이 좋아 보이고 온화하여 남들로부터 존경받고 있는 부부 중에도 속내를 들여다보면 찬바람 쌩쌩 부는 부부들이 있습니다. 부부는 부부만이 압니다.

부부는 말이 무기가 아닌, 더 깊은 관계를 맺는 도구가 되는 서로의 안식처가 되도록 노력해야 합니다. 친절하게 말하는 것뿐만 아니라 공유된 기쁨을 회상하고 작은 승리를 축하하며 매일의 단순한 즐거움을 기대하는 등 적극적으로 긍정적인 순간을 만드는 것도 포함됩니다. 이는 그들이 누구보다 서로를 더 잘 알지만 서로에 대해 배우고 감사할 점이 항상 더 많다는 사실을 인정하는 것입니다.

부부가 함께 인생의 황혼기를 맞이할 때 중요한 것은, 함께 극복한 어려움이나 앞으로의 이정표가 아니라 일상에서의 진심 어린 상호작용, 서로에 대한 이해와 인내에 있습니다. 상호 존중, 부드러운 말, 기쁨을 함께할 길을 선택하는 것입니다.

결국 함께 잘 사는 삶이 사랑과 동행의 가장 아름다운 증거임을 인식하는 것입니다. 부부들에게 있어서 매일매일은 그들의 유대를 재확인하고 불완전함을 넘어서며 함께하는 삶의 심오한 아름다움을 축하하는 기회입니다.

사람과 관계는 시간이 지남에 따라 변화합니다. 관계의 변화를 받아들이고 새로운 단계의 관계를 함께 만들어가는 게 중요합니다. 서로를 진심으로 이해하고 변화를 받아들이며 적극적으로 소통하는 것이 부부 관계의 풍요로움을 더하는 열쇠가 됩니다.

퇴직 재택 증후군

은퇴는 직업적 노력의 끝일 뿐만 아니라 부부의 삶에서 새롭고 대본에 없던 드라마의 시작을 의미합니다. 여기서 개인의 열정과 공유된 순간을 추구하려면 독립과 동료애 사이의 섬세한 균형이 필요합니다.

퇴직 후의 부부 생활은 한 편의 드라마처럼 다채로운 감정과 상황이 교차합니다. 남편들은 사회생활을 통해 어느 정도 자신의 성취를 느끼며 살아왔습니다. 퇴직 후에는 소홀했던 아내에게 시간을 보상하고자 합니다. 아내의 입장은 조금 다릅니다. 자식 양육과 가사 노동에 전념해온 아내들은 이제 자신만의 시간을 갖고 싶어 합니다.

자식을 양육하고 난 후의 홀가분함과 허전함, 전업 주부로만 살아온 허탈감 등을 늦게라도 보상받고 싶어합니다. 여기서 재미있는 점은 남편들이 퇴직 후 갑자기 집안일에 참여하려 한다는 것입니다. 종종 아내의 방식과 달라 트러블이 일어납니다. 예를 들어 남편이 청소를 하려 하지만 아내는 남편의 방식을 좋아하지 않을 수 있습니다. "거기는 그렇게 청소하지 않아요!"라며 아내가 불만을 표시하는 장면은 흔하죠.

아내는 자신만의 삶을 찾고자 합니다. 봉사활동이나 친구들과의 여행은 그녀들에게 새로운 활력을 주는 활동입니다. 이런 아내의 변화를 남편이 이해하기는 쉽지 않습니다. 남편은 아내와 함께 시간을 보내길 원하지만 아내는 자신만의 시간을 갈망합니다.

또한 남편은 퇴직 후 체력적인 변화를 겪으며 종종 몸 여기저기가 아프다고 호소합니다. 이는 남편에게도 새로운 도전이며 아내에게는 남편의 건강을 챙겨야 하는 추가적인 부담이 됩니다.

이런 대조적인 마음을 부부가 서로 이해하기는 어렵습니다. 자기의 의견에 따르지 않으면 서운해 합니다. 에너지는 예전 같지 않고 몸은 여기저기 아프다는 신호를 보냅니다. 그렇다고 해서 아내에게 의지하면 전적으로 부부관계는 어긋납니다.

60살이 넘으면 부부도 독립해야 합니다. 시간, 공간, 재산으로부터의 독립이 서로를 자유롭게 하고 삶을 더 돈독하게 합니다. 서로의 새로운 삶의 방식을 이해하고 조율해야 하는 중요한 시기입니다. 서로의 필요와 욕구를 인정하고 존중하는 것이 필요합니다.

은퇴 부부의 삶은 직장생활에서 개인생활로 전환하는 시기입니다. 둘 사이의 균형을 탐색하는 기회이기도 하지만 장애물로 가득찬 드라마가 되기도 합니다. 부부가 함께 성장하고 새로운 인생의 단계로 나아가는 데 도움이 됩니다. 퇴직 후 부부가 겪는 변화와 도전, 서로를 이해하며 새로운 인생의 단계로 나아가는 과정은 매우 중요합니다. 이 과정을 통해 부부는 더 깊은 사랑과 이해를 배우며 삶을 더 풍요롭고 의미 있게 만듭니다.

40% 마누라, 남편

일본의 정신과 의사이자 작가인 사이토 시게타齊藤茂太, 1916~2006는
"결혼의 신성함 내에서 인간 관계의 복잡성을 탐색하며 서로에 대
한 기대치를 40%로 낮추라"고 조언했습니다.

우리는 대개 상대방에게 많은 걸 바랍니다. 절반 이하인 40% 정
도로만 바란다면 별 탈이 없을까요. 싸움도 질책도 한탄도 하지
않는 선, 바로 그 적당한 선긋기가 40% 삶입니다. 더하기보다 빼
기의 삶을 산다면 어디에서든 번뇌와 외로움은 줄어들 것입니다.

얼마 전 한 지인을 오랜만에 만났습니다. 잠깐인데도 꽤 진솔한
얘기를 나눴는데 요즘 그 부부는 여행하느라 바쁜 시간을 보낸다
고 합니다.

"재밌어서 둘이 간다기보다 서로가 편해서 가요, 오누이처럼요."

남편과의 관계가 퍽 좋다며 그녀는 웃음 띤 얼굴로 말했습니다.
오랜 세월 어떻게 그렇게 사이가 좋은지 궁금해서 물었습니다. 대
부분 남편이 퇴직하면 둘의 관계는 더 악화되지요. 남편은 여지껏

돈벌이 하며 가족을 보살폈기에 대우를 받고 싶어 하지만 갱년기로 접어든 아내 입장은 다릅니다.

"남편이 젊어서부터 내 말을 잘 들어 준 편이에요. 그래서 지금 별 탈 없이 지내고 있는 것 같아요."

"제 친구 남편은요, 자기 고집이 너무 세서 자기 식으로 아내를 이끌고 아내 말을 통 들어주지 않았어요. 그래서 나만 만나면 자기 남편을 성토하곤 했어요. 그 친구 말을 들어주느라고 혼났다니까요. 안타깝게도 친구는 최근 암에 걸리고 말았어요."

두 사람은 어디서 차이가 나는 걸까요? 성격일까요, 인품일까요, 내재된 품성일까요? 성격 좋은 전자의 남편은 신혼 때부터 서로 소통하며 아내에게 좋은 씨앗을 뿌렸습니다. 그렇게 해서 사랑의 싹이 트고 꽃이 피어 노후에도 아내로부터 귀한 대접받잖아요.

나쁜 씨앗이라면 좀 어폐가 있지만 부정의 씨앗을 뿌린 후자의 남편은 아내의 마음에 독을 뿌린 셈입니다. 결국 병에 이르게 되었으니요. 병의 원인이 몽땅 남편 때문만은 아니더라도 스트레스가 쌓이면 안 좋은 결과를 초래하기 마련입니다. 서로에게 못할 노릇이죠.

사이토 시게타의 수필 중에 《40%의 마누라》는 인생과 사랑 그리고 기대에 관한 독특한 시각을 제공합니다. 이 작품을 통해 우리는 아내, 남편 그리고 삶의 모든 관계에 대한 새로운 이해를 얻을 수 있습니다.

시게타 씨의 주장에 따르면 우리가 타인, 특히 반려자에 대한 기대는 매우 상대적이며 변화하는 것입니다. 그는 아내를 포함한 타인이 자신과 다른 인격체임을 인정하며 본인이 생각하는 절반 정도50%를 충족해 주는 것만으로도 큰 만족을 느껴야 한다고 합니다. 이는 어찌 보면 인간 관계에 있어서의 한계를 인정하고 그 안에서의 만족을 찾으라는 교훈을 담고 있습니다.

하지만 그는 여기에서 멈추지 않습니다. 나이가 들면서 우리의 기대치를 80% 정도로 낮춰야 한다고 주장합니다. 이는 우리가 경험을 통해 배우고 인생에서 진정으로 중요한 것이 무엇인지를 깨닫기 시작하면서 나타나는 자연스러운 현상입니다. 바라는 것의 8할이 이루어졌다면 그것으로 만족해야 하고 심지어는 그것이 객관적으로도 합격점이라고 말합니다.

이런 시게타 씨의 철학은 부부 관계에 대한 그의 독특한 관점을 더욱 명확하게 해줍니다. 나이를 먹고 있는 아내에게 혹은 남편에게 '이랬으면 좋겠다'는 바람도 '50% × 0.8 = 40%' 만족하면 그것으로 충분하다는 것입니다. 이는 부부가 서로에 대해 가지는 기대를 조정하고 서로를 있는 그대로 받아들이며 사는 지혜를 담고 있습니다.

사이토 시게타의 이론은 단순히 부부 관계에만 국한되지 않습니다. 우리가 삶의 모든 관계와 상황에서 이런 태도를 취한다면 더욱 평화롭고 만족스러운 삶을 살아갈 수 있을 것입니다. 어쩌면 우리가 인생에서 찾고 있는 행복의 비밀이 실제로는 '기대치의 관리'에 있을지도 모른다는 사실을 일깨워 줍니다.

우리가 삶의 썰물과 흐름을 탐색할 때 기대치를 40%로 낮추라는 사이토 시게타의 현명한 조언을 명심해야겠습니다. 중노년기 결혼의 복잡한 역동성 내에서 평온함과 수용으로 가는 길을 밝혀주기 때문입니다.

위장된 페르소나

초연결 사회에서 우리 내면과 외면의 이분법은 더욱 뚜렷해지고 있습니다. 우리가 입고 있는 페르소나와 우리가 살고 있는 진실 사이의 복잡함이 드러납니다. 인간은 누구나 페르소나 얼굴을 가집니다. 예나 지금이나 여전합니다. 지금은 연결사회이니 밖으로 환하게 드러날 수밖에 없는 한계를 갖고 있을 뿐입니다. 몇 년 전 일어났던 모 항공사 조 씨 일가, 충남 도지사 등등이 안팎이 다른 두 얼굴에 속하는 경우입니다.

페르소나에서 자유로워질 개인이나 집단이 얼마나 될까요? 가정에서와 밖에서 다른 모습을 하는 부모를 아이가 보면서 어리둥절할 때가 있을 것입니다. 그뿐인가요, 부부 사이에도 그런 경우가 흔해 이중인격자라고 서로 비난하죠.

가장 가깝고도 소중해야 할 가족끼리도 때론 상처를 주고받으니 참 아이러니입니다. 자성할 때가 많습니다. 진실과 거짓은 무엇일까요? 우리는 가짜 표정을 짓고 삽니다. 위장된 페르소나입니다.

선의의 거짓말은 여유가 있을 때나 가능합니다. 선의의 거짓말은 다른 사람을 속여 이익을 얻기 위한 거짓말이 아닌 타인을 위한 거짓말로 '하얀 거짓말'이라고도 합니다.

사람이 극한상황에 이르면 표정을 포장할 수 없습니다. 대부분 있는 그대로의 감정이나 표정을 상대에게 보일 것입니다. 진솔한 감정은 항상 옳다고 합니다. 죽음 직전이나 갑작스런 사고 시의 표정은 가장 진실합니다. 적나라하다고 봐야 하지요.

우리는 대개 일상에서 두 개의 얼굴을 합니다. 기쁘면서도 아닌 척, 슬퍼도 아닌 척, '척병'에 걸려 있습니다. 타인을 의식해서죠. 물론 그럼으로써 장점도 있지만 가면을 오래 쓰면 탈이 납니다. 습관화된 무의식에 뇌가 작동해 주객이 전도되는 감정을 익히게 됩니다.

그러지 말고 좀 편하게 살면 어떨까요. 순진무구한 어린 아기들이 부러운 이유입니다. 그들에게는 아직 어른의 세계가 자리 잡지 않아 순수 그대로입니다. 인생살이의 수순이겠죠. 어른인 우리도 그런 과정이 있었으니 이제 머잖아 어린 아이도 어른을 닮아갈 차례입니다.

철학자 칸트는 사람에게는 누구나 지켜야 할 도덕법칙이 있고 도덕법칙에 따라 행동하는 것을 인간의 의무라고 보았습니다. 또한 자신의 처지나 이익에 따라 행동의 정당성을 만들어 낼 수 있다고 주장했습니다. 그는 도덕법칙에 예외를 허용하지 않았고 선의의 거짓말도 예외는 아니었습니다.

칸트의 도덕법칙은 우리가 어떻게 행동해야 하는지에 대한 기준을 제시해줍니다. 우리는 자신의 페르소나를 고려하여 선의의 거짓말을 할 때도 도덕법칙을 지켜야 합니다. 예를 들어 우리는 종종 다른 사람들과의 관계에서 거짓말을 해야 하는 상황에 직면합니다.

칸트의 도덕법칙에 따르면 우리는 거짓말을 하지 않고 진실을 말해야 합니다. 하지만 현실에서는 선의의 거짓말을 해야 하는 경우가 종종 발생합니다. 만약 친구가 시험에서 좋은 성적을 받지 못했을 때 친구의 기분을 생각해서 "너 정말 잘했어"라고 거짓말을 할 수 있습니다. 선의의 거짓말을 해야 하는 경우 자신의 페르소나를 고려하여 적절한 선택을 하는 것은 중요합니다.

페르소나는 우리가 사회적으로 보여주는 모습입니다. 우리의 행동과 태도에 영향을 미칩니다. 이런 노력을 통해 우리는 더욱 성숙하고 윤리적인 인간으로 성장할 수 있습니다.

이심전심以心傳心 속 함정

인간 연결의 가장 큰 보물 중 하나는 말의 필요성을 뛰어넘어 마음과 마음으로 소통하는 능력입니다. 이 보물 안에는 이해와 가정 사이의 경계가 위험할 정도로 흐려질 수 있는 함정이 숨겨져 있습니다. 이신점심이란 말을 자주 들어보셨죠? 마음과 마음으로 서로 뜻이 통한다는 말입니다.

부부가 함께 오래 살면 서로의 마음을 말없이도 이해하게 되고 심지어는 얼굴마저 닮아간다고 하죠. 제가 아는 한 부부는 아직 신혼임에도 마치 오누이처럼 닮아 있어서 자주 오누이냐는 질문을 받습니다. 이들은 서로의 습관을 무의식적으로 모방하며 심지어는 같은 표정을 짓기도 합니다. 식당에 가면 서로 좋아하는 음식을 말하지 않아도 이미 알고 주문을 하는 모습이 정말 인상적이죠.

부부뿐만 아니라 오랜 시간을 함께 보낸 사람들 사이에서도 종종 발견됩니다. 오랫동안 함께한 친구들이 있습니다. 그들은 서로의 말투와 웃음소리가 거의 비슷해집니다. 전화로 이야기를 할 때면 누가 누구인지 구분하기 어려울 정도입니다. 심지어는 취미 생활까지도 서로 영향을 주고받으며 같은 책을 읽고 같은 영화를 보는 것을 즐깁니다.

직장 동료 중에도 서로 닮아가는 것을 넘어 서로의 생각을 읽는 듯한 사람들도 있습니다. 회의 중에 한 사람이 말을 시작하면 다른 사람이 그 생각을 완성하는 모습은 마치 마법과도 같습니다. 이들은 서로의 업무 스타일을 잘 이해하고 있어 팀워크가 정말 뛰어납니다.

가족 간에서도 이런 현상은 자주 발견됩니다. 오랫동안 함께한 형제자매 사이에서도 서로 닮은 점을 발견할 수 있습니다. 같은 유머 감각을 공유하거나 서로의 마음을 잘 이해하는 모습에서 가족 간의 깊은 유대감을 느낄 수 있죠.

마음이 마음을 이해하고 서로에게 영향을 주며 서로 닮아가는 것은 인간관계에서 자연스러운 일입니다. 함께하는 시간의 깊이와 서로에 대한 이해와 애정이 만들어 내는 아름다운 결과라 할 수 있습니다. 삶 속에서 마음이 서로를 향하고 서로에게 영향을 주며 함께 성장하는 관계는 아름답습니다. 관계 속에서 더 깊이 이해하고 사랑하며 삶을 더 풍요롭게 만드는 법을 배웁니다.

하지만 이심전심에도 함정이 있습니다. 예를 들어 서로의 마음이 잘 통한다고 생각해서 상대방의 생각과 감정을 무시하거나 상대방의 의견을 존중하지 않을 수 있습니다. 또 서로에게 지나치게 의존하는 경우도 있습니다.

이런 함정들을 피하기 위해서 어떻게 해야 할까요? 서로의 의견을 존중하고 대화를 통해 해결해야 합니다. 서로의 시간과 공간을 존중하고 서로의 감정을 이해하고 공감해야 합니다. 서로의 생각을 공유하고 소통하는 것도 중요합니다. '끝내는 부부 vs 끝내주는 부부'도 그와 맥을 같이 합니다. '끝내는 부부'는 서로 의욕을 다운시키는 경우이며, '끝내주는 부부'는 그와 반대로 서로 의욕을 업시켜주는 부부를 일컫습니다.

'끝내주는 부부'로 살려면 서로의 성장과 발전을 응원하고 지원해야 합니다. 이렇게 노력하면 이심전심 속에 있는 함정을 피하고 마음이 잘 통하는 건강한 인간관계를 만들 수 있습니다.

3장

SKY대학보다
평생대학에 입학하라

계속 배우는 사람은
항상 '젊은이'다

얼마 전 경부고속도로 휴게소에 써있는 문구가 눈길을 사로잡았습니다. "배움을 멈춘 사람은 이미 '늙은이'고, 계속 배우는 사람은 항상 '젊은이'다"라는 팻말이었습니다. 엘빈 토플러는 "21세기 문맹자는 글을 읽고 쓸 줄 모르는 사람이 아니라 배우고 잘못된 것을 버리고 다시 배우는 법을 모르는 이들이다"라고 말했습니다. 이것은 자신의 성장을 스스로 기쁘게 받아들이냐의 문제입니다.

급변하는 시대에 어제 배운 지식도 쓸모 없는 경우가 있습니다. 그래서 새로운 배움이 중요하며 우리는 성적보다 성장을 더 소중하게 여겨야 합니다. 성장은 오늘과 내일의 차이입니다. 남과의 비교가 아닙니다. 우리나라 교육은 평가를 특히 중시합니다. 학생들 간에 비교하는 상대 평가가 지배적입니다. 선진국으로 갈수록 절대평가를 하려고 노력합니다. 배운 것을 얼마나 알게 되었는지가 중요합니다. 친구와의 비교는 그리 중요하지 않습니다.

산업사회는 노하우가 필요했습니다. 지식창조사회에서는 내게 필요한 지식이 어디에 있는지 아는 노우 웨어know-where 능력과 학습하는 방법 런 하우learn-how를 통해 지식을 쌓는 것이 더욱 중요합니다. 즉, 평생 학습을 할 수 있는 마인드가 중요해진 시대입니다.

노하우를 중시하는 산업사회에서 필요한 지식을 찾아내는 능력인 노하우know-how와 효과적으로 학습하는 기술의 학습하우를 중시하는 지식창조사회로 전환했습니다. 패러다임이 바뀌고 있습니다. 앞으로는 지속적인 학습에 참여하는 능력이 유익할 뿐만 아니라 결정적인 시대가 도래하고 있습니다.

21세기는 끝없는 경쟁의 시대입니다. 남과의 비교가 아닌 나 자신과의 경쟁을 통해 타고난 잠재력을 키워 나가야 합니다. 지식창조사회에서는 개인 한 사람 한 사람이 '지식공장'으로 거듭나야 합니다.

새로운 제품을 생산하기 위해 원자재가 필요한 여느 공장과 마찬가지로 우리의 마음에 창의적이고 혁신적인 결과를 창출하기 위해서는 독서와 평생 학습의 자양분이 필요합니다.

배움의 목적은 성적을 향한 부담스러운 탐구가 아니라 기쁨과 호기심이어야 합니다. 오늘의 점수에서 내일의 성장으로 초점을 바꿀 때 공부는 지루한 일에서 즐거운 일로 변합니다. 사람도 그렇듯이 모든 꽃은 제때에 피어납니다. 끈기와 믿음 그리고 궁극적인 꽃 피우기에 대한 기대를 가지고 우리는 계속해서 노력해야 합니다.

모든 사람은 고유한 강점을 가지고 있습니다. 어떤 사람들은 수

학에 어려움을 겪을 수도 있지만 다른 사람들을 공감하고 이해하는 데는 뛰어납니다. 이들 역시 미래에는 창의적인 인재로 성장할 수 있습니다.

대개 대학교 졸업 이후에도 배움을 멈추지 않겠다는 엄숙한 맹세가 필요합니다. 지식은 내일을 열망하는 사람을 위한 기초일 뿐입니다. 책, 인터넷, 이용 가능한 풍부한 자원에 참여함으로써 재정적, 개인적 깨달음의 경지에 활력을 불어넣습니다.

아침 출근 시간이든 점심 시간이든 짧은 기다림 시간이든 매 순간은 배우고 성장할 기회입니다. 시간을 최대한 활용하고 지속적으로 마음에 영양을 공급하며 개인 '지식 공장'이 항상 활동으로 분주해지도록 노력하면 어떨까요.

독일 철학자 니체1844~1900의 《차라투스트라는 이렇게 말했습니다》에서 "사람은 항상 껍질을 벗고 새로워져야 한다. 항상 새로운 삶을 향해 나아가야 한다. 그렇게 한층 새로운 자기를 만들기 위한 탈바꿈을 평생 멈추지 마라. 자기 삶을 배움의 축제로 만들어라"고 했습니다.

평생학습을 실천하라는 메시지는 과거나 현재나 유효한 듯 합니다. 나비가 되려면 우화가 필요합니다. 우리도 날개를 단 나비처럼 자유로우려면 껍질을 벗어야 합니다. 우화의 방식은 우리에게 책임감과 독립심을 길러줄 뿐만 아니라 생활 속에서 발생하는 다양한 문제에 대처하는 능력도 키워줄 것입니다.

당신은 컴맹, 폰맹이 아니신가요

급변하는 오늘날 세계에서 디지털 지식을 갖추는 것은 더 이상 선택 사항이 아니라 필수입니다. 디지털 지식은 그 어느 때보다 인류와 기술이 더 깊게 교차하는 미래로 우리를 연결하는 다리 역할을 합니다. 미래사회는 갈수록 디지털 리터러시가 필수 역량이 될 것입니다.

디지털 기술을 이해하고 활용하는 능력을 '디지털 리터러시digital literacy'라고 말합니다. 이는 단지 디지털 기술을 이해하고 활용하는 차원을 넘어 더 나은 공동체를 위해 노력하는 시민 의식까지 포괄하는 개념으로 이해할 필요가 있습니다.

디지털 기술의 활용도 제고를 위해 가장 필요한 것은 교육입니다. 청소년에서 중년층에 이르기까지 계층별로 수준을 고려하여 다양한 교육 프로그램을 운영해 컴맹, 폰맹에서 탈출해야 합니다. 그래야만 국민 대다수가 급속하게 발전하는 디지털 기술을 익혀 소득 증가는 물론 삶의 질을 높이는 수단으로 활용할 수 있게 될 것입니다. 필자는 《스마트 시니어 폰맹탈출하기》 책을 발간해 디지털 문해력을 높이기 위한 코칭과 책쓰기 운동을 전개하고 있습니다.

디지털 리터러시, 즉 디지털 문해력를 잘 보여주는 예가 있습니다. 디지털 시대의 잭 안드라카라는 소년의 사례를 들어보겠습니다. 13세 때 가족처럼 지내던 아저씨가 췌장암으로 세상을 떠납니다. 그 후 잭은 췌장암에 대해 관심을 가집니다. 인터넷으로 조사하던 중 췌장암은 85% 이상이 말기에 발견되고 생존확률은 2% 밖에 되지 않음을 알게 됩니다. 췌장암 진단 키트가 80만 원 정도로 비싸고 성공 확률도 30%이며 진단 시간이 14시간이나 걸린다는 걸 알았습니다.

잭 안드라카는 이런 부분을 획기적으로 개선할 진단 키드를 만들기로 결심합니다. 인터넷을 통해 꾸준히 질문을 던지며 답을 구해 나갔습니다. 4,000번의 실패에도 좌절하지 않았습니다. 16세 나이에 드디어 혁신적인 췌장암 진단 키트를 발명하게 됩니다.

그가 이룬 진단 키트의 업적은 다음과 같습니다. 비용은 80만 원에서 100원도 안 되는 30원으로, 진단 시간은 14시간에서 단 5분 만에 나오도록, 성공확률을 30%에서 90%까지 끌어올렸습니다. 이러한 획기적인 췌장암 진단 키트를 만들어낸 그는 이렇게 말했습니다.

"이 나이에 이걸 어떻게 했냐구요? 그간 제가 배운 최고의 교훈은 바로 인터넷에 모든 것이 있다는 것이었죠. 개발에 필요한 논문들은 인터넷에서 쉽게 구할 수 있었어요. 또 대부분의 아이디어 역시 인터넷에서 습득했어요. 인터넷을 심심풀이로 이용하지만 말고 세상을 바꿀 수 있는 도구라고 생각해 보세요. 인터넷에 정보는 얼마든지 있어요. 뭔가를 만들어내겠다는 생각만 있으면 할 수 있는 일이 얼마든지 있다고 생각합니다."

위의 말처럼 잭의 발명 과정은 대부분이 인터넷으로 이루어졌습니다. 인터넷에서 논문을 찾고 이메일로 전문가에 도움을 요청했습니다. 온라인 커뮤니티에 들어가 새로운 정보를 찾아내는 등 디지털 기술을 활용하는 역량을 바탕으로 성과를 이루어냈습니다. 잭이 췌장암 진단 키드를 발견하는 데 활용한 역량을 '디지털 리터러시'라 부릅니다.

디지털 리터러시는 디지털 기술을 언제 어떻게 사용할지 아는 능력입니다. 디지털 시대에 필수적으로 요구되는 정보 이해 및 표현 능력을 일컫습니다. 디지털 기기를 활용하여 원하는 작업을 실행하고 필요한 정보를 얻을 수 있는 지식과 능력을 말합니다.

이제 인터넷에 널려있는 게 정보입니다. 정보의 바다에서 건진 정보를 어떻게 자기 것으로 만들어 조합할 수 있느냐에 역량이 달려 있지요. 세상의 지식은 컴퓨터에 다 있고 문제를 스스로 만들어 해결할 방법을 모색하는 태도는 디지털 리터러시의 중요 근간이 될 것입니다.

호기심은 평생의 재산이다

아인슈타인은 "나는 천재가 아니다. 다만 호기심이 많을 뿐이다"라고 말했습니다. 한국인은 세계에서 호기심이 가장 강한 민족입니다. 호기심은 새롭고 신기한 것을 좋아하거나 모르는 것을 알고 싶어하는 마음입니다. 개화기에 한국을 방문한 서양인들의 기록에 거의 빠지지 않고 등장하는 게 바로 호기심입니다. 1901년 독일인 겐테 기자는 '조선인의 호기심'에 대해 이렇게 말했습니다.

"그간 조선을 방문하고 기행문을 썼던 여행자들은 조선인의 참기 어려운 관심과 지나친 호기심에 대해 불만을 털어놓았는데, 아무래도 충분히 대처하지 못했기 때문이다. 마을 사람들이 놀라울 만큼 호기심이 강한 것은 사실이다. 그러나 그런 호기심이 방해가 된 적은 없다. 그들의 호기심은 선의의 호의에서 비롯된 것이므로 절대 사람을 해치거나 화나게 하려는 의도는 없다." 그는 조선인의 궁금증을 호기심으로 해석했습니다.

그 당시 조선인들이 한 번도 본 적이 없던 백인에 대한 호기심이 얼마나 컸을까요? 상상이 갑니다. 처음 보는 백인의 모습과 행동에 얼마나 신기해 했을까요? 1904년 미국 사회주의 작가 잭 런던도 "한국인의 두드러진 특성은 호기심이다. 그들은 '기웃거리는 것'을 좋아한다. 한국말로는 '구경'이라고 한다"고 했습니다.

구경 중에 가장 재밌는 두 가지가 있습니다. 싸움구경과 불구경입니다. 생소함이 그런 자극을 불러일으키는 요소인지도 모르겠습니다. 어렸을 때 동네 어느 집에 불이 나서 구경한 적이 있습니다. 활활 타오르는 벌건 불길 속에 막무가내로 타들어 가던 집채를 보며 얼마나 안타깝고도 호기심 가득했었던지를 기억합니다.

기웃거림으로 성장한 저는 몇 년 전 '유년의 오일장'이란 제목의 글을 써 수필가로 등단하기도 했습니다. 초대받지 않아도 갈 수 있는 곳이 시장 아니던가요. 동냥꾼, 머리에 꽃 꽂은 여인, 방랑객, 어린 나, 누구나 가서 여기저기 기웃거리는 시장 구경은 낙이고 호기심 투성이었습니다. 그곳에서 제 인생의 기반을 닦았다 해도 과언이 아닙니다.

저는 철부지처럼 지금도 호기심이 많습니다. 모르는 것을 알길 원하고 뭔가에 꽂히면 몰입하는 형입니다. 아마도 기웃거림의 씨앗은 어린 시절 시장을 구경하며 쌓인 게 아닐까 싶습니다. 그곳에서 씽크탱크Think Tank의 틀이 만들어졌다고 봅니다.

호기심이 평생을 좌우합니다. 어려서부터 쌓인 호기심은 그 사람을 결정합니다. 나이를 먹어도 청년인 사람의 경우입니다. 호기심에서 오는 차이는 무엇일까요? 무언가를 궁금해 하고 상상하며 알고 싶어 하는 사람은 호기심이 많은 사람에 속합니다. 그는 영원한 청년일 수밖에 없겠지요. 젊게 살려면 어떻게 해야 할까요?

"중요한 것은 질문하기를 멈추지 않는 것이다. 호기심에는 그만한 이유가 있다. 영원, 삶, 현실의 경이로운 구조 등 이런 신비들을 생각해보면 경외감이 들 정도다. 이런 신비를 조금이라도 이해하고 매일 노력하는 것만으로도 충분하다. 거룩한 호기심을 결코 잃지 말아야 한다." 이는 알베르트 아인슈타인의 '거룩한 호기심'에 대한 이야기입니다.

제가 유년 시절부터 사람에 관심이 많았던 것도 호기심 덕입니다. 특히 어른들의 말과 행동을 관찰하는 것은 커다란 흥밋거리였습니다. 그 결과 언행을 보면 그 사람을 어느 정도 짐작할 수 있었습니다. 마음이 여린 사람인지, 인정이 많은 사람인지, 성질이 급한 사람인지 등을 간파하곤 했습니다. 초등학교 저학년 때 엄마 친구의 성격을 거의 파악했습니다. 나중에 큰 다음의 느낌과 별반 차이가 없어 스스로 놀랐던 기억이 있습니다.

대부분의 아이들은 사회와 어른의 행동을 들여다보고 싶은 욕구가 있습니다. 그것을 통해 어떻게 하면 부모로부터 칭찬받고 사랑받는지도 알아갑니다. 아이가 가질 그런 귀한 기회를 박탈하지 말아야겠습니다. 아이를 매단 끈을 길게 늘려 주면 좋겠지요. 광활한 자연에서 호기심과 창의성이 발달하게 방목하십시오. 창의 인재는 어려서부터 싹을 틔워주어야만 자랄 수 있습니다. 어린아이라도 호기심을 갖고 유심히 관찰하는 습성을 갖는다면 어른의 판단과 크게 다르지 않음을 알았습니다.

어릴 때 제가 감수성이 많아서였을까요? 아닙니다. 단지 호기심이 많아 사물과 사람에 대한 관심을 증폭해 나갔다고 생각합니다. 경험에 비추어 볼 때 일고여덟 살이면 충분히 가능하다고 봅니다. 단지 부모가 아이를 어리다고 생각하지만 않는다면 말입니다. 어린아이를 가둬두고 보호하는 것만이 능사가 아님을 말하고 싶습니다.

미래리더는 감성리더입니다. 감성지수EQ를 높이는 데도 호기심이 한 축을 이룬다고 생각합니다. 어려서 호기심 많던 아이가 차츰 호기심이 없어지는 이유는 왜일까요? 자유롭게 사고하는 버릇이 희석되어서입니다. 틀에 박힌 교육과 나댄다는 잘못된 인식 속에서 스스로 자신을 움츠러들게 하기 때문일 수도 있습니다.

저는 아직도 새로운 것에 호기심이 많습니다. 그것은 어려서부터 촉발된 일입니다. 궁금한 것에 대해서는 알아야 직성이 풀립니다. 그 방법은 다양합니다. 몇 가지를 들자면 어려서는 친구 집 방문, 시장 나들이, 친척 집 방문 등이었습니다. 그렇듯 공부보다 사회를 통한 호기심과 상상을 즐겼습니다. 고스란히 상상력의 기원이 되었음은 말할 나위도 없습니다.

새로운 것의 호기심 발동은 어려서부터 생깁니다. 세상이 궁금했기에 30여 년간 훑은 다양한 분야의 책과 신문 등은 내게 커다란 자양분이 되었습니다. 이제 날이 갈수록 지식의 양이 방대해지고 인공지능이 그것을 대신합니다. 과거처럼 단순 지식을 얻기 위해 고군분투하는 것은 어쩌면 낭비일 수 있습니다. 지식은 네이버나 구글 검색으로 1분 안에 다 해결할 수 있기 때문입니다.

인간이 기계와의 차별이 뚜렷해지는 시대입니다. 기계가 갖지 못하는 감수성과 호기심은 미래 사회의 무기입니다. 인공지능의 지속적인 진화가 인간을 위협하고 있는 때 그 예방법으로서 끊임없는 두뇌작용을 활성화해야 합니다. 늘 호기심으로 사물을 대하고 질문하며 스스로 답을 찾아야 합니다. 비판의식 속에 참과 거짓을 분별하는 능력 또한 매우 중요해졌습니다.

집단 지성의 발현이야말로 기계를 대적할 대안입니다. 머지않아 인간 고유의 호기심까지도 인공지능이 앞지를 수도 있습니다. 빅데이터를 통해 미리 예견하고 제시하는 형태로 제어할 수 있을까요?

호기심을 신장한다는 것은 창공을 나는 새에게 튼실한 날개를 달아주는 것과 같습니다. 호기심을 장착해 지식을 얻는 것은 유효합니다. 'CQcuriosity quotient', 즉 호기심 지수를 높이는 길은 보다 창의적이고 부강한 대한민국으로 가는 지름길이기도 합니다. 요즘 K문화가 붐을 이루며 세상을 강타하고 있습니다. 오랜 세월 한국인 특유의 호기심 DNA가 뿌리내려 형성된 게 아닐까 싶습니다.

서른살 미용사의 용기

성공을 향한 로드맵이 협소하게 정의되는 사회에서 서른살 미용사의 대담함은 기대를 깨뜨립니다. 이는 용기, 신념 그리고 잘 알려지지 않은 길을 모험하려는 의지가 멋진 삶을 만들어갈 수 있음을 증명합니다.

제가 다니는 미용실의 담당미용사는 앳되고 세련되어 보였습니다. 미용실은 도심 한복판에 있고 젊은이들이 주로 드나드는 곳이었습니다. 세 번째 헤어 커트하던 날, 자연스럽게 김 미용사와 말을 틀 기회가 생겼습니다. 생각보다 자신을 솔직히 드러내 짐짓 놀랐습니다.

"저 고등학교 3학년 때 공부는 죽도록 하기 싫고 평생 먹고 살 일이 뭘까 엄청 고민했어요. 고민 끝에 이 길을 택했죠. 인문계 고등학교여서 친구들은 수능 공부하느라 생고생하는데 전 미용학원 열심히 다녀서 자격증을 땄어요. 이런 말 잘 안하는 데…."

그녀는 약간 쑥스러운 표정을 지으며 말했습니다.

"부모님 설득을 어떻게 했어요?"

"처음에는 반대하셨지만 하고 싶은 일을 하겠다고 나서니 부모님도 제 말을 들어주셨어요. 저 결혼하면 아이를 셋은 낳고 싶은데 엄마가 애를 봐줄지 걱정이에요. 말로는 그런다고 하지만 애 키우는 게 어디 쉬운 일인가요. 미안하기도 하고요."

사려 깊은 그녀의 말에 안심이 되었습니다. 아이를 셋 낳고 싶다며 올 말에 10년 사귄 친구와 결혼할 예정이라 하더군요. 요즘 결혼 포기자들이 많고 애도 안 낳으려는 경향이 많은데 참 멋진 젊은이라는 생각이 들었습니다. 순간 수능 공부 열심히 하던 친구들은 어떤 생활을 하는지 궁금해 물었습니다.

"대부분 대학 졸업 후 일반 회사원 생활을 해요. 친구들 머리를 손질해 주면 무척 부러워해요."

그녀는 흡족한 표정으로 말했습니다. 서른살 나이에 주관이 뚜렷한 젊은이를 만난 건 축복이라 생각했습니다. 자기가 좋아하는 일을 개척하며 평생벌이를 할 자신감과 기술을 갖는 건 미래 사회에도 꼭 필요한 요건이지요. 그녀의 말을 경청하며 덩달아 기분이 좋아졌습니다. 추임새도 넣으며 응원하게 되더라고요.

"정말 대단하네요. 어떻게 젊은 나이에 그런 기특한 생각을 했나요? 용기에 찬사를 보내요. 제가 얼마 전 '미래육아'에 대해 썼는데 그 책에 자기주도적 삶을 사는 사람들 얘기가 많이 나와요. 다음에 올 때 그 책을 갖다 드릴 테니 읽어보세요."

그 책 속의 주인공 A도 비슷한 사례인데 방향이 김 미용사와는 영 다릅니다. A는 중학교 때부터 퀼트에 관심이 많아 엄마에게 재봉틀을 사달라고 졸랐습니다. 그 엄마는 일언지하로 거절하며 학생이면 공부를 해야한다고 했습니다. 그 후 그녀는 어떻게 되었을까요? 성인이 되어 그녀를 만났는데 퀼트학원에 다니며 국가 장인이 될 준비를 열심히 한다고 하더군요.

만약 중학교 때부터 그 길을 선택했다면 아마도 자기 분야의 최고가 되었을지도 모르죠. 그나마 다행인 것은 돌고 돌아서라도 자기가 원하는 길을 갔다는 사실입니다. 원하고 좋아서 하는 일은 전문성을 키울 수 있고 최고가 될 수 있습니다.

"용기를 갖고 대한민국 아니, 세계를 빛낼 미용사가 되길 응원할게요. 앞으로 미용 스토리를 정리해 책도 내보세요. 그럼 다른 사람들에게 귀감이 될 거예요."

내 말에 두 눈이 동그래지며 말을 이었습니다.

"저 이런 말 처음 들어봐요. 아무도 이런 말 해주는 사람 없었어요. 제가 과연 그렇게 할 수 있을까요…?"

"얼마든지요. 김 미용사의 의지 정도면 못할 바가 아니죠. 미모에다 예쁜 미소, 친절과 젊음, 용기면 얼마든지 가능해요."

저는 그녀에게 긍정 바이러스를 보내고 싶어 안달이었고 김 미용사는 나와의 대화를 반기면서도 자신의 처지를 고백했습니다.

"근데요, 저 솔직히 글 쓰는 건 젬병이고 책도 안 봐요. 볼 시간도 없구요."

그녀는 은근 자신을 토로했습니다. 저는 축적의 힘이 얼마나 큰

지에 대해 샘우물을 비유하며 말해 주었습니다.

"차별화란 한끗 차이 아니던가요? 남이 하지 않는 걸 하는 겁니다. 미용 기술에 최고의 지성까지 합쳐지면 최고봉에 이르죠. 형편상 책보기가 어렵겠지만 틈틈히 조금씩 읽는다면 샘에 물이 고이듯 지혜의 샘이 차오를 겁니다. 많은 욕심 낼 것도 없이 하루 한 장 읽기 그 정도는 할 수 있겠지요."

그녀는 고개를 갸우뚱하며 한 번 해볼 의지를 비쳤습니다.

"정말 귀한 만남이에요. 말씀대로 용기를 가져볼게요."

만남에는 여러 종류가 있습니다. 짧은 시간에 서로의 일도 보며 공감할 수 있음에 행복한 만남이었어요. 삶의 의미를 되새겨준 그녀에게 오히려 감사한 마음이 들었습니다. 발걸음도 한결 가벼워졌습니다.

독일은 히든 챔피언Hidden champion이 많은 나라입니다. 히든 챔피언은 대중에게 잘 알려져 있지는 않지만 전문 분야에서 자신만의 특화된 경쟁력을 바탕으로 세계 시장을 지배하는 작지만 강한 우량 강소기업強小企業을 지칭하는 용어입니다.

그녀가 틈틈이 책도 읽고 자신만의 길을 구축해 '미용계의 히든 챔피언'이 된다면 얼마나 멋진 일일까 상상해 봅니다. 열정과 인내가 뒤섞인 젊은 미용사는 성공에 대한 기존의 통념에 도전했습니다. 자신의 마음을 따르려는 용기와 자신의 진정한 욕망에 부합하는 삶을 살아가는 그녀를 응원합니다.

인공지능을 이길 수 있는 괴짜

한국 벤처의 효시라고 하는 카이스트 故이민화 교수가 생전에 말씀하시길, 디지털 혁명시대에는 멋진 제복을 차려입은 사관생도보다 해적이 필요하다고 하면서 '협력하는 괴짜'의 중요성을 설파했습니다.

'협력하는 괴짜'야말로 초연결시대에 꼭 필요한 인재상입니다. 모든 면에서 우수해야 리더가 되던 시대에서 벗어나 각자가 좋아하는 분야로 커다란 시너지를 만들 수 있는 게 바로 협력하는 괴짜상입니다. 우리는 인간과 경쟁하며 생존해 왔죠. 이제 인간과의 협업을 통한 공존뿐만 아니라 로봇이나 인공지능과의 협업을 통한 공존도 모색해야 합니다. 로봇과 인공지능이 협업해 단순 반복적인 일상업무를 수행함으로써 유휴 노동력이 발생합니다.

그 예로 고속도로 통행 시 과거에는 사람이 일일이 통행료를 징수했습니다. 지금은 인공지능과 로봇이 그 일을 대체함으로써 징수원의 일자리가 사라지고 있습니다. 무인 자동 결제 장치인 키오스크 등의 발달로 종사자들의 인력 또한 대폭 줄어들었습니다.

이 변화의 시기를 '대량해고의 위기'가 아닌 '일자리 창출의 기회'로 만들려면 어떻게 해야 할까요? 우선 인재 전환이 절실합니다. 이 과정에서 우리는 기존의 업무를 재설계함으로써 부가가치 창출이 가능하고, 새로운 업무를 도입함으로써 일자리 창출도 가능합니다. 재설계된 업무에 필요한 역량을 갖출 수 있도록 인재 전환 기회가 제공돼야 합니다. 좀 더 재미있고 의미 있는 일에 집중해야 하는 이유입니다.

인공지능을 이길 수 있는 혁신은 새로운 일을 만드는 괴짜만이 할 수 있습니다. 서로 융합하고 공감하며 집단 지성의 집합체가 될 때 기계를 대적할 힘이 솟아남은 말할 나위 없지요. 소위 꼴통들의 대반란이야말로 세계를 움직이는 지렛대가 될 것입니다.

인공지능과 기술의 발달로 앞으로 로봇은 반복 노동을, 인간은 좀 더 창조적인 일을 하면서 인간과 로봇이 함께 일하는 사회가 될 것입니다. 이때 중요한 포인트는 바로 인간은 반복적이지 않은 일을 통해 혁신을 끌어내는 역할에 매진해야 한다는 점입니다.

인공지능 시대에 새로운 일을 만드는 괴짜만이 혁신을 가능하게 합니다. 한 명의 괴짜로는 로봇보다 나은 창조성을 끌어내기 어렵기에 각각 한 분야에 특성화된 괴짜들이 협력을 해서 전체적인 변혁을 이루어야 합니다.

지금 우리에게 필요한 것은 천상천하 유아독존식 천재가 아닌 '협력하는 괴짜'입니다. 한 분야의 탁월한 역량을 가진 괴짜들이 협력하는 사회가 평범한 모범생들이 모인 사회보다 훨씬 강합니다. 인성과 더불어 인공지능이 결코 따라오지 못하는 학습 능력을 키우고 다른 장점을 가진 사람과 협력해야 합니다.

스스로 해본 일에 대한 실수와 성공은 곧 자신감으로 이어집니다. 성장하고 싶다면 실수할지도 모른다는 두려움을 버려야 합니다. 저술가 워런 베니스 교수는 '실수는 실천의 또 다른 방법'일 뿐이라고 보았습니다.

어느 시대든 기업의 핵심 역량은 사람입니다. 시대가 요청하는 적합한 인재를 기르기 위해 멀리 내다봐야 합니다. 부산하게 이런저런 체험을 한 사람은 그렇지 않은 경우에 비해 경험의 폭이 큽니다.

AI 시대에 더욱 요청되는 미래 인재는 창의적인 사람입니다. AI를 능가할 힘은 인간의 호기심과 창의에서 나옵니다. 그 역량을 키우는 것은 자유로운 사고와 도전, 질문, 문제해결력, 여유로움과 배려에서 올 것입니다.

호기심이 있는 사람은 주변의 현상에 대해 '왜 그럴까?', '무슨 일일까?'라는 질문을 의식적으로 제기하고 그 질문에 답을 찾으려 노력합니다. 안타깝게도 학교라는 정형화된 틀에 갇히는 순간부터 상상력과 호기심은 곤두박질칩니다. 교육학자 켄 로빈슨은 《아이의 미래를 바꾸는 교육혁명》에서 산업사회 모형인 교육의 표준화, 획일화를 비판하며 아이들의 창의성을 살리는 '개인 맞춤형 교육'으로의 변화를 주장합니다. '개인 맞춤형 교육'은 선택된 소수만이 아니라 모든 사람을 위한 혁명이 되어야 한다고 했습니다.

창의력 신장을 위한 상상은 별로 어려운 것이 아니라 거꾸로 생각해 보기입니다. 그러기 위해 상식적이고 일반화된 것을 더 자세히 관찰해야 합니다. 변화가 작은 호기심과 상상에 의해 시작됩니다. 미래를 상상해 보며 틀에 박힌 사고에서 벗어날 때 비로소 창의적 환경이 조성됩니다.

우리 사회는 비슷한 생각, 비슷한 얼굴 모습, 같은 영화를 보아야만 안심합니다. 다른 생각이나 다른 행동을 하면 "나댄다, 별종이다"라고 말합니다. 아무리 좋은 생각이라도 사장시키곤 하지요. 그래서 사회에 닮은 꼴이 많아지고 엇비슷함 속에서 살아갑니다. 하지만 모난 돌들이 세상을 변화시킵니다.

말의 힘은 무엇보다 세다

옛날 수렵시대에는 돌을 던져 분노를 표출하기도 했습니다. 고대 로마에서는 심한 분노를 표현하기 위해 칼을 선택했습니다. 미국 서부는 총싸움으로 유명합니다. 하지만 요즘은 무기가 바뀌었습니다. 우리는 화가 났을 때 돌이나 칼, 총알을 던지지 않습니다. 우리는 말을 던집니다. 이 말은 물리적인 무기만큼이나 해로울 수 있습니다.

《언어의 온도》를 쓴 이기주 작가가 말하길, 언어에는 따뜻함과 차가움, 적당한 온기 등 나름의 온도가 있다고 했습니다. 온기 있는 언어는 슬픔을 감싸 안아줍니다. 세상살이에 지칠 때 어떤 이는 친구와 이야기를 주고받으며 고민을 털어내고 어떤 이는 책을 읽으며 작가가 건네는 문장에서 위안을 얻습니다.

말의 힘은 강력합니다. 우리 속담에 "한번 뱉은 말은 주워 담을 수가 없다"고 했습니다. 그리고 "말 한마디에 천냥 빚을 갚는다"라는 말은 쌓이거나 무너질 수 있고 치유하거나 상처를 입힐 수 있음을 보여줍니다. 시간이 지나면 낫는 육체적 상처와 달리 말로 남긴 상처는 평생 지속될 수 있습니다.

스페인 속담에 "화살은 마음을 관통하지만 거친 말은 영혼을 관통한다"라는 말이 있습니다. 화살이 신체적 해를 입힐 수 있듯 거친 말은 깊은 감정적 상처를 남길 수 있습니다. 이런 흉터로 인한 통증은 어떤 신체적 상처보다 더 오래 지속되고 더 깊은 상처를 주는 경우가 많습니다.

지워지거나 버려질 수 있는 글과 달리 말은 허공에 맴돕니다. 말은 처음 발화한 것 이상으로 재생산되고 퍼지는 생명력을 가지고 있습니다. 예를 들어 다른 사람을 비난하거나 비하하는 말은 당사자에게 상처를 주는 것을 넘어 또 다른 말을 만들어낼 수 있습니다. 욕설이나 비속어를 사용하는 것도 마찬가지입니다. 이러한 말들은 상대방의 인격을 모독하고 자존감을 떨어뜨릴 수 있습니다.

말의 폭력은 우리 주변에서 쉽게 찾아볼 수 있습니다. 학교나 직장에서는 동료나 상사, 친구나 가족 간에 말로 인한 갈등이 종종 발생합니다. 인터넷에서는 악성 댓글이나 비방성 게시물 때문에 피해를 입는 사람들이 늘어나고 있습니다.

말의 폭력은 단순히 언어적인 문제가 아닙니다. 그것은 상대방의 감정과 심리에 큰 영향을 미칩니다. 심한 경우에는 상대방을 자살이나 우울증 등의 심각한 문제로 몰고갈 수 있습니다. 유명 연예인이었던 故최진실 등이 악성 댓글로 세상을 떠난 일은 말의 폭도에 스스로 자멸한 경우입니다. "연못에 돌을 던지는 사람은 재미로 던지지만 그 돌에 맞아 죽는 개구리는 재미로 죽는 게 아니다"
라는 말이 있습니다.

범죄자 신창원은 1997년부터 1999년까지 탈옥수로 유명했습니다. 신창원이 불우한 환경에서 범죄를 저지른 계기에 대해서는 다양한 이야기가 있지만 그중 하나는 초등학교 5학년 때 선생님으로부터 들은 말 때문이라는 설이 있습니다.

신창원이 저서 《신창원 907일의 고백》에서 자신이 범죄자가 된 계기는 초등학교 5학년 때 선생님의 말이었다고 합니다. 돈을 가져오지 않은 신창원에게 선생님이 "XX야, 돈 안 가져왔는데 뭐하러 학교 와. 빨리 꺼져"라는 막말을 했고 이에 큰 상처를 받은 것이 계기가 되었다며 주장했습니다.

신창원의 사례는 말의 힘이 얼마나 강력한지를 보여줍니다. 물론 이는 자신의 범죄에 대한 변명에 불과하지만 누군가의 말 한 마디가 타인의 인생에 큰 영향을 미칠 수 있다는 것은 사실입니다.

러시아 작가 톨스토이와 영국 작가 조지 오웰은 둘 다 말하거나 침묵을 지키는 것의 결과를 강조했습니다. "해서는 안 될 말을 하면 후회할 수도 있고, 꼭 말을 하지 않으면 손해를 볼 수도 있다"고 했습니다. 말을 부정적인 것으로 오염시키면 우리의 생각과 삶도 부정적으로 됩니다.

우리가 평상시 하는 모든 말은 다른 사람과 자신에게 영향을 미칠 수 있습니다. 말하기 전에 신중하게 생각해야겠습니다. 내 말이 다른 사람의 감정에 어떤 영향을 미칠 수 있는지 이해하려고 노력해야겠습니다.

말의 품격을 높이기 위해서 독서와 글쓰기를 통해 언어 능력을 향상시키는 것이 중요합니다. 독서를 통해 다양한 어휘와 표현을 습득하고 글쓰기를 통해 자신의 생각을 정리하고 표현하는 능력을 키울 수 있습니다.

다른 사람에게 해를 끼치기보다는 긍정적이고 격려하는 말을 사용한다면 나도 행복하고 상대도 행복해질 것입니다. 우리가 하는 말의 힘을 염두에 둠으로써 우리는 더 나은 의사소통자가 되고 더 자비로운 개인이 될 수 있습니다. 더불어 긍정 에너지는 온 지구를 따스하게 해 안온한 사회를 만드리라 봅니다.

여러 문화에 걸친 고대의 지혜가 우리에게 보여준 것처럼 우리가 하는 말의 질은 단순히 해를 피하는 것만을 의미하는 게 아닙니다. 적극적으로 선을 행하는 것입니다. 우리의 말을 사용하여 모든 사람이 존중받고 있다고 느끼는 세상을 건설합시다.

아직도 거안실업 사장님이세요

어느 날 시대를 거스를 수 없음을 깨달았습니다. 연어가 강을 거슬러 올라가듯 시대를 거스르는 것은 어려운 일입니다. 현대그룹 퇴임 임원 모임 중 디지털책글쓰기 동우회인 '현우회' 개강날이었습니다.

일명 디지털책쓰기대학 5대학 강의에 앞서 20여 명 회사별 회원들의 자기소개가 있었지요. 연령은 60~70대였습니다. 퇴임 후 화려했던 과거 경력을 뒤로하고 취미 생활로 소일하거나 어딘가 명함을 걸친 분들이었습니다.

퇴임한 지 2년여 지난 한 분이 본인을 '거안실업 사장'이라고 소개했어요. '그 나이에 재취업을 해 멋지게 사는구나'하며 부러움과 의아함에 귀를 쫑긋 세웠습니다. 곧이어 "아아…" 하는 탄식과 함께 폭소가 터졌습니다. 거안실업 사장이란 퇴직 후 '거실과 안방을 넘나드는 실업자'를 지칭하는 말이었거든요.

은퇴자 대부분은 골프나 등산 등 취미 생활을 하며 보냅니다. 거안실업 대주주는 말할 것도 없고요. 게다가 장수시대 오랜 시간을 살아야 하니 아내와의 갈등 또한 심해집니다. 여자들이 자식한테 해방되어 홀가분할 짬도 없이 슬그머니 자리를 찾아드는 게 은퇴한 남편이라니요. 세간에 이런 말이 있죠. "자식이 진짜 아들이라면 남편은 의붓아들이다."

솔직히 짐처럼 느껴지는 의붓아들이 뭐 그리 달갑겠습니까. 게다가 밥 세 끼를 챙겨야 할 '삼식三食이'를 반기기란 힘든 일이죠. 혹 모르겠네요. 찰떡궁합이거나 부처님 같은 넓은 마음이라면 어려움쯤은 거뜬할는지도요. 대개 여자들은 자식을 키워 출가시킬 즈음 갱년기가 되어 의욕도 떨어지고 여기저기 몸도 아프며 기운도 달립니다. 이른바 상실의 시대네요.

젊어서 여자는 육아, 남자들은 돈벌이로 눈코 뜰 새 없이 바쁩니다. 세월이 흐르며 여자는 여자대로 남자는 남자대로 그럭저럭 길들여집니다. 여자들은 애 키우는 사이사이 학부모 모임, 취미 생활 등을 하며 나름의 네트워크를 형성해 나갑니다. 나이 들며 여자들은 집 밖으로 나가고 싶은 반면 남자들은 의외로 치마폭에 싸이기를 원하니 어찌하오리까.

과거 단명하던 시대라면 일흔 살이면 장수 나이인데, 백세시대에는 30년을 더 살아야 하기 때문에 문제입니다. 퇴직 후 그 긴 시간을 뭘로 메워야 할지 암담한 현실입니다. 일본에서는 '퇴직남편재택증후군'이라는 의학적 병명이 있고, 한국에서도 '삼식이증후군'을 앓는 여성들이 많다고 합니다.

퇴직한 남편들이 거실과 안방을 차지하는 데 그치지 않고 아내의 마음 한구석까지 차지하기에 심하면 우울증이나 화병까지 찾아온다지요. 책쓰기 모임에 나온 회원들은 누구랄 것도 없이 애꿎은 심정을 잘 아는 듯 잠시 의기소침했습니다.

책글쓰기 5대학의 취지를 총무와 대표가 간략히 말하고 이어 책글쓰기대학 회장의 디지털시대 책쓰기 취지의 강연이 이어졌습니다. 참석자들은 책쓰기에 대한 열의가 대단했습니다. 한강의 기적을 이룬 분들의 소망은 어떻게든 책을 내는 것이었습니다. 가진 노하우가 많고 여러 분야에서 일가를 이룬 분들이기에 디지털코칭협회가 내건 '1인 1책갖기 새마음운동'에 동참한다면 분명 선진 대한민국에 일조하는 셈이 될 것입니다.

난제는 책을 쓰는 방법입니다. 시니어가 되면 눈 침침하죠, 독수리 타법에다 컴맹, 폰맹입니다. 높은 자리에 있던 분들이 특히 그렇습니다. 비서나 아래 직원들이 그 일을 대신해 주었기 때문이지요. 디지털책쓰기코칭협회의 주 대상자가 바로 그들입니다.

흔히 '3多'를 가진 분들입니다. '3多'란 시간, 돈, 지식을 말합니다. 소위 '골든 그레이Golden gray'라고도 일컫습니다. 50세 이후 50년의 골든타임을 누리는 백세 시대의 새로운 인생 모델을 골든 그레이라고도 칭합니다.

디지털코칭협회는 보다 쉽고 효율적이며 재미있게 책쓰기를 돕습니다. 디지털시대 트렌드에 걸맞게 스마트폰을 활용해 책 쓰는 기법을 전수합니다. 무료 앱을 이용해 말하면 글이 되고 찍으면 문자가 되며, 문서화된 것을 들으며 편집하는 기능을 알려드립니다. 글쓰기가 훨씬 재밌고 쉬워집니다.

만나지 않고도 저자, 출판사, 디자이너가 동시에 구글 드라이브를 공유해 언제, 어디서나, 누구나 스마트워킹할 수 있는 시스템을 추구합니다. 나머지 시간에 제가 스마트폰을 이용해 몇 가지를 짧게 강의했습니다. 단지 스마트폰 스킬만을 키우는 게 아닌 책쓰기의 기본 역량을 배양하는 데 목적이 있습니다. 기초 실습 몇 가지를 시연하니 모두가 미처 몰랐던 사실에 신기해하며 자신들의 무지를 깨닫는 눈치였습니다. 글 첫머리 어느 분의 멋진 소개 외에 두 번째 놀람이 아니었나 싶습니다.

무슨 일이든 알고 모르고의 경계는 자신이 모른다는 걸 아는 데서부터 시작되나 봅니다. 소크라테스의 "너 자신을 알라"도 같은 이치를 짚은 게 아닐는지요. 그분들은 교육을 통해 차츰 책쓰기의 각오를 새롭게 다지며 자신감을 가지게 될 것입니다. 그게 저의 소임이기도 합니다.

얼마나 다행인가요. 하마터면 모르고 지나칠 기회를 얻은 것이니까요. 기회는 우연히 주어지는 게 아니죠. 이곳에 찾아오기까지 평소에 끊임없이 뭔가를 갈망했기 때문입니다. 책쓰기 인연이 '나비효과butterfly effect'로 이어질 수도 있을 것입니다.

나비효과는 나비의 작은 날갯짓처럼 미세한 변화, 작은 차이, 사소한 사건이 추후 예상하지 못한 엄청난 결과나 파장으로 이어지게 되는 현상을 말합니다. 그분들은 한 시간여 강의를 듣고 유익하고 재미있었다며 감사 인사를 연거푸 했습니다.

앞으로 거안실업에서 벗어날 수 있다는 자신감에 흐뭇한 표정도 지었습니다. 아마도 재미로 시작한 일이 익숙함에 이르고 다른 성과로 이어진다면 거안실업 사장 자리는 자동 사표 아닐까 싶습니다. "기회는 준비하는 자에게만 살짝 미소를 던진다"고 하잖아요.

기록은 기억보다 강하다

아프리카 속담에 "노인 하나가 죽으면 도서관 하나가 불타는 것과 같다"고 했습니다. '노마지지老馬之智'와 같은 뜻입니다. 오랜 인생 역정을 통해 터득한 경험과 지혜가 그만큼 소중하다는 비유일 것입니다. 노인이 아니더라도 사람들의 경험은 고귀한 사회적 자산입니다.

2023년 9월 11일 중앙일보 장세정 논설위원이 산업역군들의 생생한 경험 "기록은 기억보다 강하다" [장세정 논설위원이 간다]에서 '디지털 책쓰기에 몰입하는 6090세대'라는 소제목으로 성우회와 현우회의 공부하는 모습을 기사화해 주었습니다.

디지털책쓰기코칭협회는 2008년 1대학을 시작으로 전국에 모두 10개 대학을 개설했는데, 지금은 7개 대학이 가동 중입니다. 삼성·현대 등 대기업 퇴직 임원들이 디지털책쓰기 전문 강좌에 참여해 책쓰기가 보다 쉽고 효율적으로 변모하고 있음을 체험하고 계십니다. 스마트폰을 활용한 책쓰기 강좌를 맡은 제가 스마트폰 교육을 하고 있습니다.

회원은 퇴직한 60~80대로 임원 출신이 대부분입니다. 현역 시절에는 비서가 컴퓨터 작업을 해줬기에 이들은 의외로 컴맹이 많습니다. 스마트폰 개발 작업에 직·간접으로 참여했지만 다양한 첨단 기능에는 익숙하지 않은 폰맹이라 토로하는 이들도 있습니다.

스마트폰 강연을 시작하면 참가자들의 눈이 반짝거립니다. 인공지능AI 기술을 활용한 모바일 스캐너 앱vFlat을 사용하면 외국 책 한 권을 30분 만에 번역할 수 있습니다. 저도 5년 전《세상에 핸드폰으로 책을 쓰다니》라는 책을 보고 핸드폰으로 글 쓰고 책 쓰는 방법을 처음 배웠습니다. 배운 것을 계속 연습하고 실전에 활용하면 됩니다. 삶의 지혜와 노하우를 가진 대기업 임원 출신인 여러분의 경험을 책으로 꼭 남겨주면 큰 자산이 될 것입니다.

일일이 컴퓨터 자판을 치지 않고도 무료앱을 이용해 빠른 글쓰기가 가능합니다. 소위 '말하면' 글이 되고 '찍으면' 텍스트화되는 과정을 익히며 디지털에 자신감을 갖게 됩니다. 게다가 챗GPT의 프롬프트에 질문해 아이디어도 얻을 수 있습니다.

그분들은 자신들이 살아온 체험을 후배들과 나누고자 합니다. 과거 산업 사회에서 중추적 분야였던 전자·자동차 등 한국경제 역사의 산 증인이십니다. 한 개인이 곧 우리 사회 전체의 얼굴을 대신한다고 봐도 과언이 아닐 겁니다.

산업역군으로 한국경제를 이끌었던 그분들도 나이가 들면 눈이 침침하고, 독수리 타법이라 책쓰기에 엄두를 내지 못합니다. 그런

데 스마트폰 덕에 책글쓰기와 스마트워킹이 한결 쉬워졌다고 합니다. 스마트폰 교육을 받은 분들은 매우 즐거워하며 자신있어 합니다. 그간 사회나 직장에서 중견급에 계시던 분들이 아래 직원들이 대신하던 일을 이제 스스로 하며 보람을 느끼기도 합니다.

무인자동장치인 키오스크 등의 이용은 이제 누워서 떡먹기입니다. 만약 그것을 이용하지 못하면 스마트폰을 옆에 놓고 밥도 굶고 차도 마시지 못할 형편입니다. 디지털시대에 혼자 해결해야 할 일들을 하지 못하면 자신감도 떨어지고 뒤처지기 십상입니다.

그분들의 소망은 다양하지만 그중에 책쓰기도 들어갑니다. 구글 드라이브를 활용해 직접 구글 문서에 글을 올리고 수정하며 공유합니다. 종이 없는 수업이 가능해졌습니다. 이는 ESG운동의 일환이기도 하고 수업한 자료들이 그대로 축적되어 하나의 역사가 되고 있습니다.

놀랍게도 글쓰기에 빠져 이미 6개월 만에 책을 내신 분도 계십니다. 몇 분은 출판계약 예정이고 합평원고도 지속적으로 제출하십니다. 놀라운 것은 글 수준이 나날이 높아지고 있다는 점입니다. 그걸 보며 인간의 두뇌가 개발자 역할을 톡톡히 해냄을 알게 되었습니다.

그날 글쓰기 특강을 한 문영숙 작가는 "사람은 누구나 기록을 남기고 싶어 한다. 내가 쓴 글이 모이면 자서전이 된다. 자서전은 훗날 시대의 역사가 된다"고 말했습니다. "역사는 승자의 기록"이란 말이 있지만 어쩌면 기록을 남긴 자가 궁극적으로 역사의 승자가 되지 않을까 싶다고 말했습니다. 맞는 말입니다. 인간이 다른 동물과 다른 점은 기록한다는 차별화입니다.

N포N抛 권하는 사회

N포N抛세대는 N가지를 포기한 사람들의 세대를 말하는 신조어입니다. 처음 삼포세대로 시작되어 'N가지를 포기한 세대'로 확장되었습니다. 삼포세대는 연애, 결혼, 출산 3가지를 포기한 세대를 말하며 오포세대는 집과 경력을 포함하여 5가지를 포기한 것을 말합니다. 현진건의 〈술 권하는 사회〉처럼 요즘 우리 사회가 N포 권하는 사회가 아닐까 싶습니다.

우리나라의 20~30대 젊은이들은 치솟는 물가, 등록금, 취직난, 집값 등 경제적, 사회적 압박으로 인해 스스로 돌볼 여유조차 없다는 연유로 연애와 결혼을 포기하고 출산을 기약 없이 미루고 있습니다. 이러한 현상은 인구절벽人口絶壁으로 이어져 국가 존립의 위기감마저 느끼게 합니다.

인구절벽은 미국의 경제학자 해리 덴트Harry Dent, 1936~현재가 주장했던 이론입니다. 인구절벽이란 어느 순간을 기점으로 한 국가나 구성원의 인구가 급격히 줄어들어 인구 분포가 마치 절벽이 깎인 것처럼 역삼각형 분포가 된다는 내용입니다. 주로 만 15~64세의 생산가능인구가 급격히 줄어들고 만 65세 이상 고령 인구가 급속도로 늘어나는 경우를 말합니다.

우리나라 통계청에서는 '2023년 12월 및 4분기 인구 동향'을 발표했습니다. 특히 우리가 주목하는 4분기 출산율은 0.65명을 기록하며, 역대 최저 기록을 갈아치웠습니다. 2023년의 연간 출산율 역시 0.72명으로 최저 기록을 세웠습니다. 영국 옥스퍼드 인구문제연구소에서 말하길, 이러한 추세라면 "한국, 지구상에서 가장 먼저 사라질 나라"라고 우려했습니다.

문제는 인구절벽 위기에 공감하지 못한다는 점입니다. 태풍의 핵이 고요한 것처럼 어떤 상황의 중심에 들어가면 위험을 알아채지 못하는 것과 같은 이치랄까요. N포를 권하는 사회에서 부모의 불안감도 한층 높아지는 것은 사실입니다.

예전에는 자녀가 대학교 졸업 후 취직해 자기 밥벌이를 하며 결혼 자금도 모았습니다. 지금은 취업준비생들이 즐비하고 저출산과 고령화 사회로 무기력합니다. 부모의 가치관마저 흔들려 혼돈의 시대입니다. 일종의 도미노 현상domino effect과도 같습니다.

도미노 현상이란 나란히 세워져 있는 도미노 중 하나가 쓰러지면 순차적으로 다 쓰러지듯이 어떤 특정 사건이 다른 사건을 연쇄적으로 초래하면서 대규모 사회 현상으로 퍼지는 것을 가리키는 말입니다.

급변하는 시대에 변화는 더 넓은 사회, 경제적 변화를 반영하니다. 전통적으로 개인은 특정 연령까지 결혼하고 자녀를 갖는 것에 대한 강한 기대가 있었습니다. 요즘엔 자식을 길러 결혼시키는 것이 당연한 일이 아닌 '선택'이라고 여기는 경향이 짙습니다. 왜일까요? 경제적 부담과 경쟁 사회의 요인들이 자녀 양육의 장애물로 등장해서이기도 합니다.

최근에 지인 딸의 결혼식이 있어 예식장에 갔습니다. 친정아버지는 사랑하는 딸을 떠나보내는 아쉬움과 함께 결혼에 대해 그리 긍정적이지만은 않았습니다.

"딸 애가 결혼하지 않고 자기 원하는 일을 평생 하며 사는 것도 좋겠다고 생각했는데…"라고 말하더군요. 부모는 딸의 앞날이 걱정되고 미래가 어떻게 전개될지 알기 때문이겠지요. 부모의 마음도 이해는 가지만 부모의 생각부터 바꾸지 않으면 대한민국의 인구절벽 해결점은 요원하겠다 싶었습니다.

한국 가정의 민낯을 들여다봅시다. 예전과 달리 주변의 결혼 풍속도만 봐도 천태만상입니다. 청첩장을 받고 예식장에 갔는데 예식이 취소되어 허탕쳤다, 신혼여행에서 돌아오자마자 이혼 도장을 찍었다, 앞날이 뻔하다 싶으면 애 없을 때 갈라선다 등 여차하면 헤어짐을 전제로 생각합니다. 거의 부모의 주관까지 섞여 이뤄지는 결과가 아닐런지요.

20대 결혼 적령기는 옛말이고 이제는 30대로 늘어났습니다. 자녀가 마흔 살이 되어도 독립하지 못하는 경우가 많습니다. 부모 집에 빌붙어 사는 자녀나 결혼해도 정신적·경제적 자립을 하지 못하는 자녀를 두고 '신캥거루족'이라 일컫습니다.

40살 자녀와 70살 부모가 한 지붕 밑에서 조화롭게 지내는 게 절실해졌습니다. 70살 노인이 생계형 벌이에 나서야 합니다. 그 후 남은 삶도 막막하긴 마찬가지입니다. 모든 세대가 혼돈의 시기입니다. 저출산, 초고령화 사회로 이어져 여러 문제를 야기합니다.

기존 부모의 '자녀에 대한 태도 변화'가 무엇인가요? 우선 경제적 현실로 볼 때 높은 생활비와 자녀 양육비는 상당한 억제 요소라 볼 수 있습니다. 어려움을 직접 경험한 부모는 자녀에게 전통적인 가족 구조보다 재정적 안정과 개인적 성취를 우선시하라고 조언할 여지가 많아 안타깝습니다.

다음으로 직장 불안정과 아르바이트를 들 수 있습니다. 비정규직과 긱 경제gig economy의 증가로 많은 청년들이 여러 개의 아르바이트를 병행하고 있습니다. 긱 경제란 단기 계약 또는 프리랜서의 특징을 지니는 노동 시장을 말합니다.

육아 문제에 대한 인식도 과거와는 현저히 달라졌습니다. 현대의 양육에는 재정적 노력뿐만 아니라 정서적 시간 투자도 상당 부분 포함됩니다. 이런 요구 사항을 아는 부모는 자녀가 가정을 꾸리기 전에 신중하게 생각하도록 조언할 수 있습니다.

문화적 변화로는 전통적인 기대에서 벗어나 가족과 성공에 대해보다 포괄적인 이해를 향한 사회적 변화를 장려합니다. 여기에는 다양한 삶의 선택을 동등하게 가치있는 것으로 인식하고 결혼하지 않거나 자녀를 갖지 않는 등의 선택에 대한 낙인을 제거하는 일이 포함됩니다. 위 요인들을 잘 파악해 더 이상 N포세대를 만들지 말아야겠습니다. 국민 없는 국가는 존재할 수 없으니까요. 위난제를 포괄해 자녀의 결혼과 출산에 용감하게 대처할 부모 의식과 역량부터 달라져야 합니다. 가정은 사회의 출발점이요, 교육의 뼈대이기 때문입니다. N포세대 해결책으로 각계각층의 장단기 계획을 세우되 부모 스스로가 먼저 N포세대의 진원지가 되는 건 아닌지 되돌아볼 시점입니다.

이제 상자 밖으로 나와라

최근에 지인으로부터 들은 말입니다. 잘나가는 IT업계에 다니며 연봉 3억을 받는데 두 자식을 유학시키고 나니 남는 게 없다고 합니다. 그래서 노후가 걱정이라고 말했다는 것입니다. 안타까운 현실입니다.

왜 우리는 이미지 소비에 혈안일까요? 아이를 명문대에 보내야 부모의 체면이 선다는 체면치레 때문일까요. 가정경제가 파탄날 지경입니다. 게다가 자녀의 결혼비용 등으로 부모의 노후는 허덕일 수밖에 없습니다.

왜 남과 비교하며 달려야만 할까요? 남용을 물리쳐야겠습니다. 백세 시대입니다. 재수 없으면 120살, 150살까지 살아야 합니다. 바이오와 스마트 헬스 등으로 인간의 기대 수명은 점점 더 늘어납니다. 계획적인 소비로 노후를 대비하려면 신혼 초부터 설계해야 가능한 일입니다.

누가 뭐래도 형편에 맞는 적정한 교육비, 적당한 선의 결혼 비용 등으로 부모 스스로 자기 앞날을 준비하는 것은 자식을 위한 일이기도 합니다. 자식에게 손벌리지 않고 독립해 살아갈 자금을 축적하는 지혜가 필요합니다.

보건복지부가 2023년 12월 28일 발표한 '2023 폐지 수집 노인 실태조사'에 따르면 폐지를 줍는 노인은 전국에 4만 2,000명으로 추산됐습니다. 시급 1,226원으로 평균 연령은 76세이고 80세 이상도 30.4%를 차지했습니다. 여성보다는 남성58% 노인이 조금 더 많았습니다. 폐지 줍는 노인의 절반 이상은 생계비 마련 위해 폐지를 모았으며 그간 경제활동은 했었지만 다른 직종 구하기가 곤란했다고 합니다. 이는 우리 사회 노인 빈곤의 민낯입니다.

노인 자살률도 세계 1위입니다. 과연 무엇 때문일까요? 깊이 생각할 필요가 있습니다. 우리 미래의 자화상이기도 합니다. 흔한 예를 하나 들어볼까요. 인공지능 시대에 부모는 미래에 별 쓸모도 없을 정답 고르는 공부에 아이를 혹사시킵니다. 돈을 낭비하고 아이들은 공부 노동에 지쳐 허덕입니다.

이제는 자녀가 앞으로 평생 살아갈 힘을 길러 줘야 할 때입니다. 미래를 살기 위해 몸으로 하는 자기만의 기술을 장착해야 합니다. 오늘날 지식은 인터넷에 널려있습니다. 정보의 바다에 익사할 지경입니다. 지식 추구에 매달릴 필요성이 전보다 적어졌습니다. 인공지능으로 화이트칼라 직업도 위험 단계에 이르렀습니다.

노는 만큼 성공한다고 차라리 실컷 놀게 하면서 내가 누구이며 어떻게 살아갈지에 대한 자기 성찰을 하게끔 해야 할 시기입니다.

아이에게 쏟아 붓는 교육비를 절감해 노후 대책하라고 말하는 재무컨설턴트의 심정을 이해하고도 남습니다. 지금 당장은 아이를 과외시켜 성적을 올려야 하니 지금이 급하지요. 미래까지 내다볼 수가 없다는 게 함정입니다. 근시안적 사고입니다.

이런 한국적 기현상에 대해 부모 자신이 더 잘 압니다. 실천은 어렵습니다. 멀리 바라봐야 객관적이게 됩니다. 우리는 틀 속에 함몰되어 앞을 내다볼 수가 없습니다. "상자 밖으로 나와라"는 말처럼 최선의 상자를 선택하기 위해서는 일단 지금 우리를 둘러싼 상자의 기능과 가치에 대해 의심해 봐야 합니다.

A라는 상자가 지금 유용하다고 미래에도 그럴까요? 그렇다 치더라도 '더 나은 선택이 없을까?', '더 나은 방식으로 바꿀 순 없을까?'하고 한 번쯤 생각해 봐야 합니다. 당연하게 받아들이는 대신 모든 것을 한 번쯤 의심해 보라는 것입니다.

벨기에 국적의 뤼크 드 브라방데르 교수1948~현재는 그 방법으로 '신념 감사beliefs audit'를 제안했습니다. 조직이 철석같이 믿고 있는 신념이 타당한지 감사監査를 하듯 검증해 보는 것입니다. 이를 위해서는 제3자가 경영진을 상대로 광범위한 인터뷰를 하면 좋습니다. 회사의 가장 기본적인 철학과 약속, 회사의 현재 경쟁 우위, 경영 환경의 핵심 위험, 미래에 대비하는 아이디어를 평가하는 것입니다.

이렇듯 개인도 마찬가지입니다. 특히 아이를 키우는 부모는 미래에 살 아이로 성장시켜야 하기에 지금 처한 일들이 미래에도 유

용할지 넓은 시각으로 바라보아야 합니다. 정답만을 외우고 잊어
버리는 시험 잘 보는 로봇과 같은 존재는 유감천만입니다. AI시대
에는 생명력이 없습니다. 현명한 부모는 할 일과 하지 않을 일을
구분할 줄 압니다.

마음을 열고 세상을 받아들이자

우리가 방금 대학을 졸업했다고 상상해 보세요. 학사모를 공중으로 던지고 그것을 잡으면… 뭐라고요? 그렇게 많이 배웠는데, 그게 배움의 끝일까요? 책상과 칠판이 있는 학교가 아니라 평생학교에 대해 이야기하려 합니다. 이 학교는 나이에 관계없이 새로운 것을 배우는 데 마음을 열어 두는 것입니다.

대학을 졸업하는 것은 큰 성취이지만 이는 배움의 시작일 뿐입니다. 세상은 발견되기를 기다리는 경이로움으로 가득 차 있습니다. 평생학습학교에 등록하면 마음을 열고 다음에 일어날 모든 일에 대비할 수 있습니다.

왜 계속 배워야 할까요? 교실을 떠난 후에도 학습은 멈추지 않습니다. 세상은 흥미로운 사실, 이야기, 아이디어로 가득한 거대한 도서관입니다. 세상의 기술과 사회적 발전은 우리에게 따라잡을 것을 요구합니다. 하지만 산업과 기술이 전례 없는 속도로 발전하는 시대에 수년 전에 습득한 지식과 기술이 더 이상 의미가 없을 수도 있습니다.

미국의 정치가이자 작가이며 똑똑한 사상가인 벤자민 바버Benjamin Barber는 사람이 두 그룹, 즉 배우고 싶어하는 사람과 그렇지 않은 사람으로 나누어진다고 말한 적이 있습니다. 그는 배우려는 열망이 세상을 향해 나아갈 준비를 갖추게 하는 것이라고 믿었습니다.

매일 새로운 것을 배우기로 결정했다고 가정해 보세요. 그것이 재미있는 사실일 수도 기술일 수도 있고 새로운 단어일 수도 있습니다. 시간이 지남에 따라 지식의 보물창고를 얻게 될 것입니다. 평생학습학교에 입학한다는 의미입니다.

저는 아직도 호기심으로 궁금한 게 많습니다. 새로운 걸 알고 싶어 늘 도전하는 마음으로 살고 있습니다. 평생학습자가 되는 방법의 첫 번째는 호기심 갖기입니다. 탐정처럼 모든 것에 대해 질문하세요. 남에게 질문하지 못하면 스스로에게 하면 됩니다. 하늘이 왜 파란지, 휴대전화가 어떻게 작동하는지 궁금해 하세요. 호기심은 평생학교의 나침반입니다. 우리 교육은 질문 없이 정답만을 알아맞히는 것이었습니다. 챗GPT는 질문을 얼마나 심도있고 폭넓게 하느냐에 따라 답이 달라집니다. 떠먹여 주던 교육 방식은 이제 그만 두어야 합니다. 스스로 문제를 만들고 해결할 수 있는 능력이 우선시되어야 합니다.

두 번째 방법은 읽기입니다. 책은 다른 세계로 통하는 관문과 같습니다. 책은 한 번도 가본 적 없는 곳으로 데려갈 수 있고 한 번도 본 적 없는 것들을 보여줍니다. 독서는 학습을 지속하는 가장 쉬운 방법 중 하나입니다. 도서관이나 서점을 방문해 신간과 관심 분야의 책들을 찾아보는 것만으로도 읽고자 하는 욕구가 생깁니다. 낭비하는 시간들을 이용해서 짧은 시간이라도 매일 독서를 해야 합니다. 그것만이 AI를 능가할 창의적 사고를 가질 수 있는 길입니다.

세 번째 방법은 새로운 것에 대한 시도입니다. 악기 연주를 배우거나 안 해 본 스포츠를 시도하는 등 새로운 경험은 두뇌 성장에 도움이 됩니다. 게다가 재미까지 더하지요.

네 번째는 다른 사람의 말을 잘 듣기입니다. 만나는 모든 사람은 내가 모르는 것을 알고 있습니다. 그들의 이야기와 경험을 듣는 것은 그들의 지식을 자신의 지식에 추가하는 것과 같습니다. 그럼에도 인간은 경청을 가장 잘 못하는 부류인 것 같습니다.

평생학습의 이점은 무엇일까요? 우선 두뇌를 바쁘게 움직이면 예리함을 유지하는 데 도움이 됩니다. 운동과 비슷하지만 이는 마음을 위한 것입니다. 더 많이 배울수록 세상과 그 안에 있는 다양한 사람들을 더 잘 이해하게 됩니다. 이해는 세상을 더욱 친근한 곳으로 만들 수 있습니다.

또한 새로운 것을 배우면 자신이 진정으로 열정을 갖고 있는 것이 무엇인지 발견하는 데 도움이 될 수 있습니다. 이전에 고려하지 않았던 직업이나 취미로 이어질 수도 있고요. 평생학습은 개인이 자신의 전문 분야에서 경쟁력과 능숙함을 유지하고 적응성과 혁신을 촉진할 수 있도록 보장합니다. 단지 관련성을 유지하는 것뿐만 아니라 끊임없이 변화하는 세상에서 선두를 달리게 합니다.

퇴직도 시작입니다. 졸업과 함께 배움을 시작하듯 퇴직과 함께 평생학습에 도전하는 것은 멋진 일입니다.

4장

남은 생 어떻게 살까

나도 이렇게 나이 들고 싶다

늙어가는 일을 불안의 렌즈로 보는 사회입니다. 일본 작가 소노 아야코曾野綾子의 《계로록戒老錄》은 삶에 대한 통찰력과 성찰을 줍니다. 품위 있고 만족스러운 노후를 위한 로드맵을 제시하는 지혜의 등불로 등장합니다.

소노 아야코는 1931년생입니다. 그녀는 나이 40세가 되던 해부터 중년에 경계해야 할 것들을 메모 형식으로 기록하여 《계로록》이라는 책을 출간했습니다. 이 책은 1970년에 출간되어 일본에서 큰 반응을 일으켰습니다. 40대에 웬 계로록인가요? 그녀는 자신이 조금 젊었을 때 객관적으로 바라본 노인의 입장과 어떻게 하면 타인에게 아름답고 존경받는 노인으로 살아갈 수 있을까라는 마음으로 책을 썼다고 합니다.

소노 아야코가 자신의 경험과 생각을 바탕으로 노인들이 지켜야 할 삶의 지혜와 원칙을 제시하고 있습니다. 현재 93세 그녀가 본인이 주장한 계로록대로 중년을 보내고 있는지는 모르겠지만 아직도 활발한 문학활동을 하고 있다고 합니다.

그녀가 주장하는 괜찮은 노인이 되기 위해서 무엇을 해야 할까요. 작가는 노인이 '피해야 할 행동', '바람직한 행동' 마지막으로 '죽음을 맞이하는 방법'에 대해 잘 대처하면 괜찮은 노인이 될 수 있다고 상세하게 풀어나갑니다. 노인이 되어가는 시니어들에게 좋은 지침을 주고 있습니다. 이 책은 많은 실천적 내용을 담고 있지만 정리하면 다음과 같습니다.

나이가 들어도 자신의 일을 스스로 처리하고 타인에게 의존하지 않는 것이 중요합니다. 예를 들어 집안일이나 요리 등을 스스로 해결하고 자신의 취미나 여가활동을 스스로 즐기길 권합니다.

노인이 되면 감정의 변화가 많아지기에 감정 조절이 어렵습니다. 자신의 감정을 잘 파악하고 이를 적절히 표현하는 연습이 필요합니다. 예를 들어 화가 날 때는 화를 내지 않고 차분하게 대화를 나누는 것이 좋습니다.

노인이 되면 자신의 이익만을 추구하기 쉽습니다. 타인을 배려하는 것은 노인의 삶을 더욱 풍요롭게 만들어줍니다. 예를 들어 이웃이나 친구들에게 친절하게 대하고 도움을 주는 행위는 귀감이 됩니다.

노인이 되어서도 새로운 것을 배우는 것은 삶의 자극제가 됩니다. 새로운 지식과 기술을 습득하면 자신의 삶을 더욱 풍요롭게 만들 수 있습니다. 예를 들어 컴퓨터나 스마트폰 등의 기능을 배우고 여행이나 문화체험 등은 호기심을 자극합니다.

노인이 되면 건강이 가장 중요합니다. 건강을 유지하기 위해서는 규칙적인 운동과 적절한 식습관을 지속함으로써 자신감을 얻을 수 있습니다. 예를 들어 매일 아침 산책을 하고 채소와 과일 등을 많이 먹으면 건강한 습관을 유지할 수 있습니다.

노인이 되면 가족과의 소통을 통해 안정감을 유지할 수 있습니다. 가족과 대화를 나누고 서로의 고민을 들어주는 것은 좋은 관계의 기초입니다. 자녀나 손자들과 함께 시간을 보내면서 서로의 이야기도 들어준다면 화기애애한 가족 분위기가 될 것입니다.

죽음을 두려워하지 않고 죽음을 당하는 게 아니라 맞이하는 자신의 삶을 마무리하는 인생의 마지막 예의에 속합니다. 예를 들어 유언장을 작성하고 장례식 준비를 미리 해두는 것이 좋고 가진 재산도 미리 정리하는 것입니다. 노인 자체가 불편하고 죽음이 두렵고 불행하다고 생각하는 방어적 입장에서 태도를 바꾸어 자신에게 걸맞는 몇 개를 찾아서 노력한다면 그런대로 괜찮은 중년 생활과 죽음을 맞이할 수 있지 않을까요?

아름다운 중년은 예술품이다

세계적인 화가 피카소는 말했습니다. "온 누리에는 온통 예술 아닌 것이 없다"고요. 그는 위대한 예술이란 언제나 고귀한 정신을 보여준다고 했습니다. 예술은 예술가의 정신을 표현한 산물입니다. 중년은 아름다운 예술품 중 하나라 할 수 있습니다.

아름다운 젊음은 자연이 준 우연의 현상이지만 아름다운 중년은 예술품입니다. 아름다운 중년을 예술품이라고 하는 이유는 중년이 젊음과는 다른 아름다움을 지니기 때문입니다. 젊음은 외모의 아름다움이 주를 이루지만 중년은 외모뿐만 아니라 내면의 아름다움도 함께 어우러집니다. 예술이 예술가의 내면세계를 표현하는 것처럼 중년의 아름다움도 개인의 삶과 경험에 대한 증거입니다.

한때 세월이 가는 것에 대해 안타까운 적이 있었습니다. 이제 누군가 그 세월을 다시 되돌려준다 해도 거절하고 싶습니다. 자녀 양육 등 일상과 바쁨, 얽매인 일들에서 벗어나 인생을 관조하며 하고 싶은 일에 대한 몰두는 젊음 이상으로 가치가 있기 때문입니다.

꽃을 떨궈야 열매를 맺듯 우리 인생도 그 과정을 거쳐 결실을 맺는다는 사실을 깨닫습니다. 예쁜 꽃이 진 뒤의 나이 듦은 이해와 배려를 통해 긍정의 힘을 얻을 기회입니다. 체험과 경험이 인생의 값진 알곡이 되어 삶의 지혜가 됩니다. 흔들리지 않고 피는 꽃이 없듯이 실패와 실의의 시간도 삶의 일부분이 됩니다.

희로애락의 시간들이 삶과 아름답게 조화를 이루며 예술품을 만듭니다. 중년 즈음 편안함과 너그러움이 마음속에 잔잔히 퍼지기도 합니다. 일상의 삶과 그 이면에 담긴 여러 일들이 파노라마처럼 펼쳐지며 버릴 것과 취할 것을 구분할 줄 압니다.

많은 문화권에서는 젊음을 아름다움의 상징으로 우선시합니다. 피카소가 적절하게 언급했듯이 중년의 아름다움은 다릅니다. 수년간의 생활, 학습 및 진화를 통해 획득하고 만들어진 아름다움입니다. 이 단계의 인생은 젊음의 결점 없는 피부나 무한한 에너지를 자랑할 순 없지만 그보다 훨씬 더 깊은 것을 제공합니다. 즉, 경험, 탄력성, 성숙함으로 풍요로워진 아름다움을 제공합니다.

중년기는 종종 성찰과 깨달음의 시기입니다. 젊음의 피상적인 매력이 보다 실질적인 형태의 아름다움으로 바뀌는 시기로 간주됩니다. 중요한 것은 겉모습뿐 아니라 내면의 본질도 빛을 발한다는 점입니다. 웃는 선, 부드러운 주름, 은빛 머리카락은 퇴색하는 아름다움의 흔적이 아니라 명예의 휘장이며 웃음, 걱정, 승리, 정면으로 직면한 도전에 대한 이야기를 전합니다.

이런 전환은 예술 창작 과정과 매우 유사합니다. 예술가는 비전을 실현하기 위해 기술을 익히고 색상을 겹겹이 쌓으며 모양을 다듬는 데 시간을 투자합니다. 사람도 자신이 내리는 선택, 소중히 여기는 가치, 이끄는 삶을 통해 스스로를 닦아 나갑니다. 예술은 단지 벽에 걸려 있는 마지막 작품에 관한 것이 아닙니다. 그것은 예술가의 여정, 그들의 기술, 창작물에 내재된 감정적 깊이에 관한 것입니다.

마찬가지로 중년의 아름다움도 하나의 예술작품으로 칭송받아야 마땅합니다. 이는 육체적, 정신적 건강을 얼마나 잘 관리하고 정신을 어떻게 육성하는지에 관한 것입니다. 변화를 수용하고 우아하게 적응하며 주어진 시간을 활용해 업그레이드하는 데 핵심이 있습니다. 또한 영양, 수분 공급, 수면 및 스트레스 관리는 모두 이 구성의 일부이며 각 요소는 피부와 신체의 전반적인 활력과 탄력에 영향을 줍니다.

중년에 보이는 아름다움은 잘 살아온 삶의 정점으로 볼 수 있습니다. 자신의 몸과 마음, 정신을 총체적으로 관리한 사람은 눈에 보이는 것만큼 깊은 아름다움을 누릴 수 있습니다. 중년의 아름다움을 예술작품으로 표현하는 것은 노화에 대한 이해를 높이는 설득력 있는 은유입니다. 이는 삶의 후반기를 쇠퇴가 아니라 인생의 깊이와 정신의 아름다움을 보여줄 수 있는 기회로 보는 것이기도 합니다.

중년의 경험을 예술로 승화하는 것은 그 사람이 살아온 삶을 기리고 재해석하는 방법 중 하나라고 할 수 있습니다. 그간의 삶을 녹여내면 어떨까요? 글, 음악, 그림, 영상, 운동 등도 좋습니다. 각각의 예술적 노력에서의 핵심은 완벽함이라기보다 진정성입니다. 그것은 불완전함을 포용하고 성취를 축하하며 손실을 인정하기입니다.

중년의 경험에서 파생된 예술은 삶만을 반영하는 것이 아닙니다. 그것을 재정의하여 새로운 관점과 더 깊은 이해를 촉구합니다. 따라서 중년에 진정한 삶의 걸작을 선보일 수 있습니다. 피카소의 말처럼 예술과 삶에 있어서 "아무것도 빠진 것이 없다"는 사실을 상기시켜 줍니다.

'고민'과 '문제'를 혼동하지 마라

살면서 종종 '고민'과 '문제'라는 두 단어를 혼동하곤 합니다. 두 개념은 근본적으로 다른 의미를 지니고 있습니다. 이를 구분하는 것은 우리의 정신적 건강과 삶의 질을 향상시키는 데 중요합니다.

'고민'은 주로 내부적인 갈등이나 불확실성에서 비롯됩니다. 마음속에서 일어나는 생각의 흐름입니다. 종종 우리의 감정과 태도에 영향을 미칩니다. 예를 들어 직장에서의 커리어 발전에 대한 고민은 미래에 대한 불확실성과 자신의 역량에 대한 의문에서 비롯됩니다.

반면 '문제'는 보다 구체적이고 실제적인 상황에서 발생합니다. 문제는 해결이 필요한 실질적인 장애나 어려움을 의미합니다. 종종 외부적인 요인에 의해 발생합니다. 자동차가 고장나는 것은 명확한 문제입니다. 이는 구체적인 해결책을 요구합니다.

고민과 문제를 혼돈하면 실질적인 문제를 해결하기보다는 마음속의 불안과 갈등에 갇혀 스트레스를 경험합니다. 일상생활과 정신 건강에 부정적인 영향을 미칠 수 있습니다.

'직장에서의 커리어 발전에 대한 고민'은 계속해서 마음을 어지럽힐 수 있습니다. 구체적인 목표와 계획으로 바꾸어 나가는 게 중요합니다. 반면 '자동차 고장과 같은 문제'는 적절한 수리나 대체 수단을 찾는 것으로 해결할 수 있습니다.

이런 구분은 일상생활에서 마주하는 어려움을 보다 효과적으로 다루는 데 도움이 됩니다. '고민'에 대해서는 내면의 명상, 대화, 긍정적인 사고 방식으로 접근 가능합니다. '문제'에 대해서는 실질적인 해결책을 모색하는 것이 중요합니다.

고민과 문제의 차이를 이해하고 올바르게 구분하며 각각에 적합한 방식으로 접근함으로써 우리의 삶을 더 건강하고 효과적으로 관리할 수 있습니다. 이런 이해와 접근 방식은 삶의 어려움을 더 현명하게 극복하고 더 만족스러운 삶을 영위하는 데 큰 도움이 됩니다.

현명한 사람은 고민과 문제를 잘 파악하고 몽매한 사람은 그렇지 못해 늘 불안하고 답답한 하루하루를 지냅니다. 고민과 문제를 이해하고 구별하면 삶의 어려움을 명확하고 효과적으로 헤쳐 나갈 수 있습니다. 각각의 문제를 적절한 전략으로 해결함으로써 정신적 웰빙을 향상시킬 뿐만 아니라 더 만족스러운 삶을 살 수 있도록 힘을 실어줍니다.

아내와 남편의 권력 지도 변화

한 세대 전만 해도 남편의 역할 분담이 뚜렷했습니다. 가정에서도 권위적인 태도로 군림했지요. 밖에서 열심히 일하는 것만으로 남편의 책임을 다 했다고 인정받기도 했습니다. 남성우월주의니 남아선호사상이니 하는 세태가 사회를 지배하는 시기도 있었습니다. 그렇기에 군림하는 남편에게 순응하고 참는 아내들이 많았고 가정도 유지되었습니다.

그러나 이제는 달라졌습니다. 남편이 밖에서 경제 활동을 하는 것만으로 남편의 역할을 다 했다고 생각하는 여성은 거의 없습니다. 심지어 자신의 경제활동을 뒷바라지 해주고 가사를 상당 부분 책임져줄 '머슴 같은 남편'을 찾는 여성도 있다고 합니다. '백마 탄 왕자'보다는 '돌쇠'를 찾는다고 합니다.

이처럼 달라진 세태를 탓하고만 있을 수 없습니다. 이제는 남편도 집안일과 바깥일에 균형 감각을 갖고 가족에게도 많은 정성을 장기간 쏟아야 가정생활이 편안해집니다. 요즘처럼 아내가 자녀

교육에 열을 올리고 있다면 남편도 강 건너 불구경하듯 쳐다보거나 아내의 교육 방식에 무조건 불만을 터뜨리기보다는 차분하게 자녀교육의 내용이나 문제점 등을 공부해 두는 것이 필요합니다. 자신이 할 수 있는 일이 있으면 해야 합니다.

예전처럼 남편의 행세를 지향한다면 자리 보전이 힘들게 될 것이므로 이런 점을 감안하여 타협안을 찾아야 합니다. 아이의 공부를 도와준다든지 아이와 놀이를 함께하며 가족 간의 유대를 강화해야 합니다. 분리수거를 전담하거나 휴일이면 아침 식사 당번을 하는 것도 권할 만합니다.

시류의 변화는 어쩔 수 없습니다. 요즘 30~40대 부부들은 하나나 둘인 형제 자매 속에서 자랐습니다. 그들이 왕자나 공주로 컸기에 결혼 후에도 왕자 공주로 자리매김하려 합니다. 이해와 용서는 뒷전이고요. 과거 세대 부모라 해도 요즘 결혼한 자녀들의 실제 결혼생활을 엿보면 알 수 있을 겁니다.

특히 아들 가진 부모는 결혼한 아들의 행동을 보고 놀랄 정도입니다. 예전에는 남자가 부엌에 들락거리면 팔불출 중 하나로 여겼습니다. 요즘엔 아들들이 직접 인터넷 레시피를 보고 갈비찜 정도는 척척해내고 김밥, 잔치 국수 등도 기본입니다. 게다가 설거지와 청소도 깨끗이 하고요. 결혼 전에 해본 적 없는 가사일도 그렇게 불만 없이 잘 해내는 게 신통하다고들 말합니다. 그런 면에서는 일부러 가르치지 않아도 시대가 놀이처럼 가르치는 것 같습니다. 사회 환경이 사람을 만드는 걸까요?

그런가 하면 요즘 결혼 포기 자녀가 늘면서 '벙어리냉가슴'을 앓는 부모들이 많습니다. 70살의 부모와 40살 자녀가 동거하는 7040동거 가족이 만들어지고 있지요. 결혼적령기는 20여 년 전만 해도 25~26세였는데, 요즘엔 남성은 32~34세, 여성은 31~32세이며, 심지어 40~50세에 결혼하는 이들도 많습니다. 100세까지 오래 살아야 하니 결혼도 늦어지는 걸까요. 예전에는 수명이 짧았으니 일찍 결혼해 자식 낳고 살다 수명을 다하곤 했습니다.

이런 여러 변화의 요소들로 인해 아내와 남편의 권력 지도가 자연스레 이동한다고 봐야 할까요? 자녀들은 자연스런 현상이니 잘 적응할 수 있겠지만 그들의 부모 세대는 어리둥절하고 부적응 상태를 맞습니다. 과도기 증상일런지요? 시댁과 관련해 명절, 제사, 부모님 생신 등을 과거처럼 적극적으로 강요하면 부부간 게임 아웃일 수도 있습니다.

몇 년 전 신문에는 명절에 시댁에 가기 싫어 초등학교 4학년 딸아이를 데리고 집을 나와 모텔방에 3박 4일 투숙하는 여성의 기사가 난 적이 있습니다. 그녀는 모 기자와 인터뷰하는데 자기 딸에게 불평등한 시집살이를 대물림시키지 않겠다는 의지를 보여준 거라고 당당하게 말하더군요. 속박 받는 것이 싫다는 증거인 셈입니다.

이런 환경에서 남자들의 바깥에서의 성공이 가정의 성공으로 이어진다는 보장은 없습니다. 퇴직 남편들이 갈 곳을 잃고 헤매는 이유이기도 합니다. 가사일도 어정쩡하고 돈벌이도 제로인 데다 체력은 달리지요, 자존심과 고집은 세져 매번 갈등구조를 만드니 하루도 편할 날이 없는 처지입니다.

　이를 예방하려면 어떻게 해야 할까요? 서로 각자 좋아하며 몰두할 수 있는 일을 찾아야 합니다. 경제에도 보탬되는 일이라면 금상첨화겠지요. 남은 여생 할 수 있는 있는 일을 30대부터 준비해야 합니다. 그게 바로 3060입니다. 30대부터 60년간 살 준비를 하는 것입니다. 빠를수록 좋습니다. 은퇴 후 30년을 어떻게 살 것인가는 시니어들의 큰 화두이기도 합니다.

다문화 가정이 우리의 희망봉

평소 무심했던 다문화가정에 대해 제가 생각을 달리한 건 우연한 기회에서였습니다. 성인이 된 작은 아들 승현이가 고교 동아리 활동 시 다문화가정 아이들을 돕는 일에서 기인했지요. 아이는 그 활동에서 그들에게 어떤 도움을 주는 것도 중요하지만 무엇보다 자국민의 의식 변화가 중하다는 걸 깨달았습니다. 승현이는 동아리 친구들과 함께 중고등학교 도덕 교과서에 '다문화'라는 말이 얼마나 적혀있는가에 대해 살펴본 적이 있습니다. 통틀어 다섯 손가락 안에 꼽힐 정도였습니다. 이를 통해 다문화가정이나 다문화 친구들에 대한 인지도가 매우 낮고 차별적 시각을 갖는 것도 당연함을 알았습니다. 동아리팀은 조사 결과를 교육부 등에 보내며 초중고대학의 다문화에 대한 교육을 촉구하기도 했습니다. 글로벌화되려면 어릴 때부터 세계시민이 무엇인지 교육시키며 계몽운동과 함께 실천이 필요하다는 메시지였지요.

한 번은 시골 조그마한 초등학교에 강의하러 간 적이 있었습니다. 그곳의 학생들 대부분은 다문화 가정과 조손가정 아이들로 교육의 사각지대에 놓여 있더군요. 젊은이가 없는 시골 마을에서 마을 이장이나 반장 일을 다문화인들이 도맡았고요. 노인만 많은 마을에 귀한 아기의 울음소리를 들려주는 이도 그들이었습니다. 그들은 그렇게 우리와 함께 동화되고 있습니다. 우리나라 다문화 인구도 백만 여 명에 이르면서 사회에 적응하지 못하는 다문화가정도 증가하고 있습니다. 다문화 인구가 증가하는 만큼 다문화가족의 모습이 우리 사회 곳곳에서 나타날 것입니다. 다민족 국가인 미국은 전문교차 문화적 전문상담사 역할을 하는 분야가 따로 있습니다. 우리에게도 이와 비슷한 '가족문화 지도사' 제도가 있습니다.

이런 경험이 계기가 되어 오래전에 자격증을 취득했습니다. 다문화에 관심이 있었기에 그들을 언젠가 도울지도 모른다는 막연한 생각에서였지요. 다른 일로 바빠 까마득히 잊고 지냈는데, 이번에 '미얀마 청소년 빛과나눔장학협회'라는 봉사단체에서 미얀마 난민을 돕고자 하는 바람이 있어 생각하던 중 서랍 속에 잠자던 그 자격증 생각이 갑자기 났습니다.

최근에 지인의 추천으로 '미얀마 청소년 빛과나눔장학협회'에 가입해 활동하고 있습니다. 미얀마 학생들에게 장학금을 주어 미래 인재 양성을 돕고 문화적 교류와 상호 협력을 구축하는 데 있습니다. 미얀마를 한 해에 두 번씩 직접 방문해 백여 명 청소년에게 장학금도 수여하고 희망과 도전 정신을 심어주기 위한 교육을 목적으로 하는 단체입니다. 코로나19로 국경이 차단되고 대면 접촉이 어려워 온라인으로 교육과 소통을 해오고 있습니다.

그러나 미얀마 쿠데타로 인해 장학금 전달조차도 전면 중단되는 안타까운 현실이 되었습니다. 미얀마의 봉쇄로 그동안 진행하던 장학 사업 등에 손 놓고 마냥 있을 게 아니라, 그 대신 국내에 거주하는 미얀마 난민을 돕는 일을 모색해 보자는 의견도 있었습니다.

단체 임원진은 현지 미얀마인과 관련된 곳을 찾아 나섰습니다. 미얀마 난민들의 필요와 여건을 알아보고 그들을 도울 일이 무엇인가를 알기 위해서였죠. 난민이 겪을 문화적 충격, 교육 문제, 스트레스, 물적, 심리적 도움과 나눔 등 할 일이 많을 것입니다.

제 직업상 아이들에 대한 사랑과 관심이 많고 미래의 일꾼으로 성장할 미얀마 아이들과 부모들, 즉 다문화 가정을 돕는 교육이라면 기꺼이 동참하리라는 생각이 들었습니다. 자격증 취득 시 교과목들도 다문화 관련으로 다문화가족복지론, 상담 및 심리치료, 아동생활지도론, 부부치료 등이었습니다. 도울 수 있는 일이 분명 있으리라 생각이 들었습니다.

우리나라가 난민을 허락한 곳이 딱 한 군데 있는데 바로 미얀마입니다. 미얀마 난민들의 한국 입국은 유엔난민기구UNHCR의 재정착 난민제도에 따라 2015년 11월에 이뤄졌습니다. 원조받던 나라에서 잘사는 나라로 한국의 위상이 오른 만큼 이제는 빚을 갚아야 하며 인류사회에 기여할 때가 됐음을 시사합니다. 한국에 온 미얀마 출신 난민 112명 전원은 인천 부평에서 거주하고 있습니다. 미얀마 사태를 보며 많은 생각을 하게 되지요. 민주화의 길은 참으로 험난하고 어려운가 봅니다.

본국을 떠나 난민이 된 이주자가 비호국에서 적극적인 현지 생활인이 되기 위해서는 기초적인 생계 및 거주지와 일자리가 제공되어야 하고, 그들이 교육받고 치료받을 수 있는 기본 권리가 보장되어야 합니다. 우리나라에 함께 거주하는 한 우리 아이들과 더불어 살 친구들입니다.

이제 우리는 단일 민족이라는 틀에 박힌 사고를 깨고 이질 문화에 대한 반감도 떨쳐내야 할 때입니다. 서로 섞여 비빔밥 문화로 어우러져 사는 사회를 만들어 후대에게 곱게 물려줘야 할 의무가 있지요. 배려하며 함께 하는 정서와 행동이 쌓일 때 세상은 무지개빛 소망의 세계가 될 것입니다. 상호 간의 다른 강점이 융합해야 더 나은 아이디어가 나오고 창의 인재의 길로 가는 원동력이 될 수 있기 때문입니다.

혹자는 그들이 우리의 일자리를 빼앗고 기초 생활 지원 등으로 손해 아니냐고 반문할지 모르지만 사실은 다문화가정이 가져다주는 희망은 여럿입니다. 그동안 우리도 이민자로 다른 나라에 가서 수많은 도움을 받아왔지요. 요즘 화두인 인구절벽의 시대가 갖는 의미 또한 큽니다. 출산율 저하로 세계 여러 나라에서는 이미 이민정책 등으로 다양한 인구 유입에 힘썼습니다. 우리가 아는 다문화 국가인 미국을 비롯해 열악한 국토를 가진 네덜란드 등도 그렇습니다. 미국은 이민자들의 다양한 문화와 특성을 인정하고 장려해 최강국이 되었지요. 네덜란드가 중세에 강소국으로 부상할 수 있었던 것도 종교 탄압 등으로 배회하던 세계 우수인재를 받아들였기 때문입니다. 늦었지만 우리도 이제 적극적으로 인구 유입에 신경 써야 합니다.

우리나라 통계청이 발표한 '2019인구주택총조사'에 따르면 다문화가구는 일반가구의 1.7%인 35만 가구, 가구원은 총인구의 2.1%인 106만 명입니다. 다른 나라에 비하면 미미한 수준이죠. 세계에서 우리나라와 일본만이 순수혈통주의에 기인해 이민정책에 늑장을 부린 나라입니다. 적절한 이민자 유입 시기를 놓친 것이죠. 카이스트 故이민화 교수는 4차산업혁명 정착기로 2025년을 꼽았습니다. 그 전에 인구문제가 해결되지 않으면 발전에 큰 걸림돌이 될 것임을 강조했습니다.

급속한 고령화로 2030년이 되면 노인 인구가 빠르게 늘고, 젊은이가 줄어 일할 사람은 적고 부양할 짐이 많아지는 까닭입니다. 인구절벽으로 인해 경제, 사회 등 여러 난제가 불보듯 뻔하지요. 불행하게도 유엔에서 발표하길 2500년대 지구상에서 가장 먼저 사라질 나라로 대한민국을 꼽았습니다. 통계청이 발표한 '2020년 출생·사망통계 잠정 결과'에 따르면 출생아 수는 27만 2천 4백 명으로 전년 대비 3만 3백 명, 즉 10%나 줄었습니다. OECD 국가 중 최하위 수준입니다. 이런 추세라면 유엔의 경고가 현실이 될 수 있음에 생각만 해도 끔찍하지요. 지난 15년간 고령화와 출산율 하락에 따른 인구 감소의 해결책으로 250조 원을 쏟아붓고도 최악의 출산율을 나타내는 안타까운 실정입니다.

디지털혁명 시대에는 다양성의 수용이 경쟁력의 원천이기에 순혈주의에서 혼혈주의로 나아가야 합니다. 흑백 혼혈아라고 놀림받던 소년이 자라 미국의 대통령이 된 오바마, 그는 가정환경상 어려움이 컸지만 사회가 다문화를 적극 받아들였고 그에 버금가는 창의와 사랑, 교육으로 키웠습니다. 미래에는 인구 보너스 효과로 인구가 많은 나라가 부유국이 될 것임을 미래학자들은 예측하고 있습니다. 서로 이해하고 협력하는 포용의 시대에 다문화 아이들도 미래 역꾼이라는 인식과 그들을 우수 인재로 키우려는 의지가 필요합니다. 그 길이 서로에게 희망이며 상생의 길입니다. 이땅에서도 제2의 오바마가 나오지 말란 법은 없으니까요.

내면의 믿음이 중요한 이유

우리는 종종 다른 사람들로부터 검증과 인정을 구하는 세상에서 살고 있습니다. 그래서 자신의 가치가 간과되거나 과소평가되었다고 느끼기 쉽습니다. 그럴 때 자신의 재능과 꿈에 대해 옥상에서 소리치고 싶었을 것입니다. 세상은 저마다의 소음으로 바쁘고 남을 거의 쳐다보지도 못하는 것 같습니다.

이런 느낌은 의심, 좌절, 때로는 포기하고 싶은 충동으로 이어질 수 있습니다. 여기에 우리 발 아래의 땅만큼 견고한 진실이 있습니다. "진실은 추락하지 않습니다." 모닥불 주위에서 이야기를 나누는 것처럼 간단한 방식으로 이 개념을 하나씩 풀어가며 생각해 볼까요?

우선 자신의 가치를 먼저 인식해야 합니다. 자신의 모습을 확인하기 위해서가 아니라 진정으로 자신을 보기 위해 거울 앞에 섰다고 상상해 보세요. 자신이 보는 것은 단지 외양만이 아닙니다. 열정을 가지고 쏟은 모든 노력, 일을 하기 위해 매일 보냈던 늦은 밤,

꿈을 향해 내딛은 모든 발걸음입니다. 거울 속 그 사람을 가장 먼저 알아보고 믿어야 할 사람은 바로 나 자신입니다.

다른 사람이 나의 가치를 보기 전에 먼저 스스로 그것을 보아야 합니다. 자신의 배의 선장이 되는 것과 같습니다. 자신이 탐색 능력을 신뢰하지 않는데 다른 사람이 나를 신뢰할까요? 자신을 믿는 것은 바다에서 거센 풍랑을 만나더라도 앞으로 나아갈 수 있게 해주는 나침반입니다.

자신을 믿는 것은 단지 일회성이 아닙니다. 그것은 긴 여행입니다. 자신의 능력, 일, 꿈을 인정하는 것에서 시작됩니다. 자신이 하고 있는 일이 중요하고 세상에 제공할 수 있는 독특한 무언가를 가지고 있다는 것을 깊이 아는 것입니다.

"내 꿈이 나 자신만의 꿈이라고 생각했지만 사실 내 꿈은 다른 누군가의 꿈이 실현될 수 있게 해주는 것이었다"라고 말한 골프 박세리 선수의 말에서 큰 깨달음을 얻습니다. 선수 시절부터 꿈꿔온 자신의 이름을 단 '세리 박 챔피언십' 미 LPGA 대회를 성공리에 마친 이 믿음은 시끄럽지 않습니다. 자신 안에 살고 있는 조용한 확신이며 다른 사람에게도 전이되어 계속 나아갈 수 있는 힘을 줍니다.

씨앗을 심는 것과 같다고 할까요. 처음에는 자신과 씨앗만이 조용히 일하며 키우고 성장하는 데 필요한 것을 제공합니다. 지나가는 사람에게는 별 것 아닌 것처럼 보일 수도 있습니다. 하지만 나만은 그 작은 씨앗 속에 잠재된 힘을 알고 있습니다. 자신의 믿음은 싹이 트고 아름다운 것으로 자라는 데 필요한 햇빛과 물과 같습니다.

성공은 단지 최종 목표에 관한 것이 아닙니다. 거기에 도달하기 위해 취하는 단계에 관한 것입니다. 첫 번째 단계는 믿음입니다. 자신에 대한 믿음은 다음 모든 것의 기초가 됩니다. 이는 결단력을 북돋우고 창의성에 불을 붙이며 어려움이 닥쳤을 때 기반을 유지해 주는 역할을 합니다.

주목받는 사람은 아무도 없다는 것을 기억해야 합니다. 모든 위대한 발명가, 예술가, 지도자는 꿈과 그 꿈에 대한 믿음으로 시작되었습니다. 그들은 세상뿐만 아니라 자신의 내면에서도 의심에 직면했습니다. 그들을 차별화한 것은 자신의 잠재력에 대한 흔들리지 않는 믿음이었습니다. 그들은 세상에 자신의 흔적을 남기려면 먼저 자신의 능력을 믿어야 한다는 것을 이해했습니다.

"진실은 추락하지 않는다"는 말은 나의 능력과 잠재력에 대한 진실, 진짜는 다른 사람들이 아직 알아차리지 못했다고 해서 줄어들지 않는다는 점을 상기시켜줍니다. 누군가가 내 가치를 볼 수 없다고 해서 가치가 떨어지지 않습니다. 우뚝 솟은 튼튼한 나무처럼 주변에 감탄할 사람이 없을 때도 진실은 남아 있습니다.

아무도 자신의 능력을 알아주지 않는 것 같아 포기하고 싶다면 다음을 상기합시다. 나의 삶은 그들의 인정으로 끝나는 것이 아닙니다. 나 자신으로부터 시작됩니다. 스스로의 가치를 인정하고 나의 일을 믿고 계속해서 전진하세요. 자신의 잠재력에 대한 진실은 내면 깊숙이 심어진 씨앗과 같으며 믿음을 물과 햇빛으로 삼으면 성장에 한계가 없습니다.

성공을 위한 첫 번째 단계는 외부 검증이 아닙니다. 내면의 믿음입니다. 자신을 믿는 것부터 시작하면 나머지는 따라올 것입니다. 진실은 나를 외면하지 않기 때문입니다.

망각 곡선forgetting curve의 비애

우리의 뇌는 망각의 기술로 조각되어 있어서 학습한 모든 세부 사항을 기억할 수 없습니다. 헤르만 에빙하우스Ebbinghaus, 1855~1909의 선구적인 연구를 통해 우리는 찰나의 기억을 지속적인 지식으로 바꿀 수 있는 가능성을 엿볼 수 있습니다.

한번 익힌 것을 까먹지 않고 기억할 수 있다면 어떻게 될까요? 우리 뇌의 기억에는 한계가 있습니다. 뇌는 망각의 선수이기도 합니다. 반면 인공지능은 지식을 한 번 익히면 망각도 하지 않고 계속 진화 발전합니다.

망각의 속도를 조금이라도 늦추고 장기 기억화하기 위한 방법이 있습니다. 16년간 기억을 연구했던 독일의 심리학자 헤르만 에빙하우스는 최초로 에빙하우스 곡선을 연구했습니다. 기억 보유량은 20분이 지나면서부터 40% 감퇴되기 시작해 9시간까지 점점 더 망각한다고 합니다. 단순 기억은 20%밖에 남지 않습니다.

그는 여러 실험으로 반복하는 것의 효과, 즉 같은 횟수라면 '한

번 종합하여 반복하는 것'보다 '일정시간의 범위에 분산 반복'하는 편이 훨씬 더 기억에 효과적이라는 것을 발견했습니다.

에빙하우스의 주장에 따르면 학습 10분 후부터 망각이 시작되며 1시간 뒤에는 50%, 하루 뒤에는 70%, 한 달 뒤에는 80%를 망각하게 됩니다. 망각으로부터 기억을 지켜내기 위한 가장 효과적인 방법은 복습입니다. 에빙하우스는 복습에 있어서 그 주기가 매우 중요하다는 사실을 발견하게 됩니다.

헤르만 에빙하우스 공부를 하고 나서부터 망각은 빠른 속도로 진행됩니다. 20분 후면 58%, 1시간 후면 44%, 8시간이면 36%, 6일이면 25%, 한 달 후면 21%만 기억에 남습니다. 반복해서 정기적인 복습을 한 경우에는 처음과 같이 기억할 수 있습니다.

하버드대 심리학과 대니얼 샥터 교수에 따르면 에빙하우스 망각곡선은 상당히 신뢰할 만하다며 일반적인 현실이고 시간이 지나면서 기억이 변하는 특성에 대해 여러 가지를 시사한다고 합니다. 간격 효과는 학습시간 사이의 간격 학습과 테스트 사유의 간격과 밀접하게 관련되어 있습니다. 공부한 내용을 기억하기 위해 복습할 때 효율적인 방법을 택하면 좋겠습니다.

기억이 오랫동안 지속될 수 있는 방법은 앞서 말한 대로 간격을 두고 복습하는 것입니다. 오늘 공부한 것을 시험볼 때까지 사라지지 않고 기억하길 누구나 다 바랄 것입니다. 반복 학습 사이에 간격을 두면 학습한 내용을 회복할 시간을 줘 두 번째, 세 번째에 더 정교화할 수 있습니다. 반복학습으로 여러 번 보는 수밖에 없습니다.

대개 책 읽고 돌아서면 내용을 잊어버린다고 합니다. 저도 그렇습니다. 같은 종류의 다른 책을 여러 권 읽다보면 글의 요지가 보이기 시작합니다. 그러면 이해도 빠르고 책읽기 속도도 빨라지며 기억에도 저장됩니다. 반복의 힘입니다.

책 읽고 난 후 리뷰쓰기가 아주 중요한 기억 장치 중 하나입니다. 제 블로그에는 200여 권의 책 리뷰가 있습니다. 물론 책을 읽고 곧바로 써야 그 감각이 살아납니다. 경험한 사람은 인정할 것입니다. 어쩌다 독후감을 다시 보면 당시 읽었던 내용이 오롯이 기억납니다. 어떤 경우에는 책을 읽고서 곧바로 리뷰 쓸 기회가 없습니다. 다음에 쓰려면 그날의 감상을 찾을 길이 없어 포기하곤 합니다. 그래서 리뷰를 쓰지 못한 책은 기억에서 아스라이 사라집니다.

인공지능 관련 책도 무척 많습니다. 처음 접하는 내용으로 다소 생소하지만 그걸 반복함으로써 각인되는 것이 있습니다. 그렇게 걸러진 내용이 장기기억으로 들어간다고 봅니다.

이미 작고하신 박완서 선생님 말씀이 생각납니다. 어느 독자가 그분에게 물었습니다. "저는요, 책 읽고 돌아서면 다 까먹으니 어쩌면 좋아요?" 그분 왈, "우리가 음식 먹으면 그 영양소를 다 분석해 알 수 없듯이 책을 읽고 까먹는 건 당연해요. 하지만 이미 소화되어 피와 살이 됩니다."

그처럼 책을 읽으면 정신의 피와 살이 되어 몸 전체에 흘러내릴 것입니다. 그 말을 듣고 맞는 말이라고 감탄했던 기억이 납니다. 기억을 붙잡으려 하지 말고 다 잊어버리세요. 이미 읽은 내용의 귀한 감동으로 심신의 윤활유가 됐을 테니까요. 또 다른 책을 지속적으로 읽음으로써 기억의 층이 켜켜이 쌓여 축적될 겁니다.

정성의 가치는 얼마일까

우리는 일상에서 많은 일을 하고 다양한 사람을 만납니다. 그 과정에서 정성을 들이는 것은 매우 중요합니다. 정성은 우리 삶에 큰 가치를 부여합니다.

정성에 대한 속담 중에 "정성이 지극하면 돌 위에도 꽃이 핀다"는 말이 있습니다. 이 속담은 정성을 다하면 어려운 일도 이룰 수 있다는 뜻입니다. 또 "정성이 부족하면 호박떡이 설익는다"는 속담도 있습니다. 호박떡을 만들 때 정성을 들이지 않으면 제대로 익지 않는다는 뜻입니다. 모든 일에 정성이 필요하다는 것을 강조합니다.

정성은 일의 성과를 높입니다. 요리를 할 때, 일을 할 때, 보고서를 작성할 때 정성을 들이면 작은 성과도 큰 성공으로 이어집니다. 일례로 요리를 할 때는 소금을 한 번 더 넣고 불 조절에 신경 쓰며 재료를 정성스럽게 다듬는 것만으로도 평범한 요리가 특별한 맛으로 바뀝니다. 보고서를 작성할 때도 정성을 들여 작성하면 상사의 눈에 띄어 칭찬을 받을 수 있습니다.

정성은 인간관계를 좋게 합니다. 친구나 가족 연인과의 관계에서 정성을 들이면 그 관계는 더욱 돈독해집니다. 생일 선물을 건네거나 중요한 날을 기억하는 일, 때로는 따뜻한 한마디만으로 큰 힘이 됩니다. 반면 정성이 없다면 생일을 잊어버리거나 중요한 약속을 놓치는 실수로 관계에 금이 갈 수 있습니다.

정성은 취미를 더욱 즐겁게 합니다. 정원 가꾸기에서 정성을 들이면 꽃이 더 화려하게 피고, 글쓰기에 정성을 들이면 더 좋은 작품이 완성됩니다. "정성이 부족하면 호박떡이 설익는다"는 속담처럼 정성을 다하지 않을 때 꽃은 시들고 글은 밋밋해집니다.

정성은 자기 계발을 도와줍니다. 책을 꾸준히 읽거나 외국어 학습에 투자하는 것처럼 말이죠. 하지만 정성이 부족하면 책은 책장에서 먼지만 쌓이고 외국어는 입 밖으로 나오지 않습니다.

"구슬이 서 말이라도 꿰어야 보배다"라는 말이 있습니다. 아무리 좋은 재료나 훌륭한 기술이 있어도 정성을 들여 완성하지 않으면 가치가 없다는 뜻입니다. 우리는 정성을 들이면서 인내와 노력을 배우고 자신의 삶을 더욱 풍요롭게 만들 수 있습니다. 정성을 들이는 것은 쉽지 않지만 그 결과는 매우 값집니다. 우리 모두가 정성을 들여 자신의 삶을 더욱 가치 있게 만들어 나가기를 바랍니다.

격언 중에서도 정성에 대한 이야기가 있습니다. "노력은 배신하지 않는다"는 말은 정성을 들여 노력하면 반드시 좋은 결과를 얻을 수 있다는 뜻입니다. '진인사대천명盡人事待天命'은 사람이 할 수 있는 일을 다하고 하늘의 뜻을 기다린다는 의미입니다. 정성을 들여 최선을 다한 후에는 결과에 연연하지 않고 받아들이는 자세가 필요하다는 것을 알려줍니다.

이런 정성은 작은 것에서부터 큰 것까지 삶의 모든 면에서 중요한 역할을 합니다. 가치는 시간이 흘러도 변하지 않을 것입니다. 일상에서 정성이라는 마법이 삶을 더 밝고 행복하게 만들 것입니다.

중장년을 위한 라이프워크Life-work

　일과 삶의 균형을 가리키는 '워라밸Work-life balance'에 이어 '라이프워크Life-work'라는 신조어가 최근 유행하고 있습니다. 라이프워크란 자신이 좋아하는 일을 찾아 그 일을 하면서 살아가는 것을 의미합니다. 이는 일과 삶의 균형을 중시하는 워라밸과는 조금 다른 개념입니다.

　라이프워크를 이루기 위해서는 먼저 자신이 좋아하는 일을 찾아야 합니다. 그러면 일을 하면서 즐거움을 느낄 수 있고 일에 대한 열정과 성취감도 느낄 수 있습니다.

　자신이 좋아하는 일을 찾기 위해서는 다양한 경험을 해보는 것이 중요합니다. 취미생활이나 봉사활동 등을 통해 자신이 어떤 일을 좋아하는지 또 어떤 분야에 관심이 있는지를 파악해 보세요. 자신이 좋아하는 일을 찾았다면 그 일을 직업으로 삼을 수 있는 방법을 찾아야 합니다. 이를 위해서는 자신이 선택한 분야에 대한 전문적인 지식과 기술을 습득해야 합니다. 대학이나 전문 교육기

관에서 교육을 받거나 스스로 학습을 통해 지식과 기술을 습득할 수 있습니다.

이렇게 자신이 선택한 분야에서 성공하기 위해서는 노력과 인내가 필요합니다. 자신이 좋아하는 일을 하더라도 그 일이 항상 즐겁고 쉬운 것은 아닙니다. 때로는 어려움과 실패를 겪을 수도 있습니다. 하지만 이런 어려움을 극복하고 자신의 목표를 이루기 위해 노력하는 것이 중요합니다.

경제적 안정을 확보하는 것도 중요합니다. 자신이 선택한 분야에서 성공하더라도 경제적 안정이 확보되지 않으면 라이프워크를 지속하기 어렵습니다. 경제적 안정을 확보하기 위해서는 자신의 수입과 지출을 관리하고 저축을 하는 등의 노력이 필요합니다.

더불어 가족과 소통하는 것도 중요합니다. 라이프워크를 이루기 위해서는 가족의 지지와 협조가 필요합니다. 가족과 소통하여 자신의 계획을 공유하고 지지와 협조를 이끌어내야 합니다.

무엇보다 건강 관리도 중요합니다. 건강이 좋지 않으면 일을 하기 어렵고 그러면 라이프워크를 지속하기 어렵습니다. 건강 관리를 위해서는 규칙적인 운동과 충분한 수면, 영양 섭취 등이 필요합니다.

새로운 도전을 두려워하지 않는 것도 중요합니다. 새로운 도전을 통해 자신의 역량을 향상시키고 자신이 원하는 삶을 살아갈 수 있습니다. 이런 준비를 통해 중장년들은 라이프워크의 삶을 살 수 있습니다. 라이프워크를 이루면 자신이 좋아하는 일을 하면서 성취감을 느낄 수 있습니다. 따라서 삶의 만족도를 높일 수 있습니다.

이제는 자신의 삶을 되돌아보고 자신이 좋아하는 일을 찾아 라이프워크를 이루기 위한 준비를 시작해야 합니다. 앞서 언급한 내용들을 잘 기억해 두어 원하는 삶을 만들어 가시길 바랍니다.

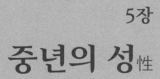

5장

중년의 성性

늙지 않는 중장년의 성

안드레아스 드레센Andreas Dresen 감독의 영화 〈우리도 사랑한다〉에 등장하는 잉에, 베르너, 칼의 이야기는 사랑과 의미에 대한 탐구가 나이 들어도 줄지 않고 오히려 깊어진다는 점을 말합니다. 지속되는 힘에 대한 새로운 시각을 상기시켜 줍니다.

'우리도 사랑한다'는 제목에서 느껴지듯이 장년의 사랑을 그린 작품입니다. 60대 중반의 잉에가 30년 넘게 함께한 남편 베르너와 76세의 칼을 만나며 겪는 이야기를 다루고 있습니다. 이 영화로 2008년 제61회 칸국제영화제 '주목할 만한 시선' 부문을 수상하였습니다.

영화는 노부부의 평온한 일상으로 시작합니다. 잉에는 베르너와 함께 딸을 키우며 30년이 넘는 시간을 함께 보냈습니다. 하지만 어느 날, 잉에는 칼을 만나게 되고 새로운 열정과 사랑을 경험하게 됩니다. 칼과의 만남은 잉에에게 설렘을 느끼게 하고, 마치 다시 어린 소녀가 된 것 같은 기분을 느끼게 합니다.

칼: "당신은 아름다워요. 내가 본 그 어떤 여자보다도."
잉에: "그런 말은 처음 들어봐요."

칼과의 만남이 깊어질수록 잉에는 베르너와의 관계에 대해 고민하게 됩니다. 베르너는 잉에와 30년 넘게 함께한 남편이자 친구입니다. 칼과의 만남을 통해 잉에는 자신이 잊고 있던 사랑과 열정을 다시 느끼게 됩니다.

베르너: "당신은 변했어. 요즘엔 나랑 눈도 안 마주치잖아."
잉에: "당신은 나를 사랑하지 않아요."

영화는 잉에와 베르너, 칼의 삼각관계를 중심으로 전개됩니다. 세 사람의 관계는 서로에게 영향을 미치며 변화하게 됩니다. 잉에는 칼과의 만남을 통해 자신의 삶에 대한 새로운 가능성을 발견합니다. 베르너는 잉에와의 관계를 되돌아보며 자신의 사랑을 다시 확인하게 됩니다.

이 영화 속에서는 벌거벗은 몸을 그대로 보여줍니다. 쭈글쭈글한 손과 백발의 늙은 할아버지, 배 나오고 주름진 얼굴에 배와 엉덩이 살이 두둑한 할머니의 정사 장면은 사실적이면서도 가슴을 뭉클하게 합니다. 마치 겨울나무에 매달린 마지막 잎과 같은 느낌이 들기도 합니다.

잉에가 30년의 결혼 생활에 마침표를 찍었던 이유는 무엇일까요. 영화에서 보여주는 남편 베르너는 TV를 보다가 과자에 담뱃재를 떨어뜨리며 이렇게 말합니다.

"말해! 노망이라도 난 거야. 그 나이에 창피하지도 않아?"

잉에는 아마도 처음으로 남편에게 반박하면서 자신의 욕망을 솔직하게 드러냅니다.

"살 날이 얼마 안 남았어? 이 집에서 20년 더 썩으라고? 열여섯이면 어떻고 예순, 여든이면 어떻다고. 지금은 나이 따위 신경 안 써!"

남편은 순진한 애처럼 휘둘리지 말라며, 파국을 막을 수 있는 사람은 잉에라고 말합니다. 이 영화는 중년의 사랑을 그린 작품이지만 단순히 사랑 이야기에만 그치지 않습니다. 이 영화는 사랑과 인생에 대한 다양한 메시지를 담고 있습니다.

노년의 나이에도 새로운 사랑을 시작할 수 있다는 것을 보여줍니다. 잉에는 칼과의 만남을 통해 서로에게 영향을 미치며 변화하게 됩니다. 이런 변화는 때로는 고통스러울 수도 있지만 이를 통해 서로를 더욱 이해하고 존중하게 됩니다. 잉에와 베르너, 칼은 이러한 과정을 통해 서로의 삶을 더욱 풍요롭게 만듭니다.

혹자는 그 영화의 내용에 대해 성 문화가 동양에 비해 비교적 자유로운 서양이니까 가능한 일이라고 되물을 수도 있습니다. 하지만 성에 관한 한 그에 대한 요구나 의식의 정도 차이는 있을지언정 근본적인 차이는 없습니다.

〈죽어도 좋아〉는 2002년에 개봉한 한국 영화입니다. 박진표 감독이 연출을 맡았으며 박치규와 이순예가 주연으로 출연했습니다. 이 영화는 실화를 바탕으로 극화한 영화입니다. 일흔을 넘긴 노인인 박치규와 이순예의 사랑과 성을 다루고 있습니다.

각자 배우자와 사별을 한 두 사람은 죽음보다 외롭게 고독과 친구하며 하루하루를 연명하다가 운명처럼 만나 사랑을 합니다. 그 과정에서 노인들의 성에 대한 이야기를 솔직하게 그려내고 있습니다.

영화의 한 대목을 인용하면 박치규와 이순예가 처음으로 잠자리를 함께하는 장면이 있습니다. 이 장면에서 두 사람은 서로를 사랑하는 마음을 솔직하게 표현하며 노인들의 성에 대한 편견과 오해를 깨뜨립니다.

박치규: "당신은 내가 만난 여자 중에 가장 예뻐."
이순예: "당신도 내가 만난 남자 중에 가장 멋져요."

이 장면은 노인들의 성이 젊은이들의 성과 다르지 않다는 것을 보여줍니다. 노인들도 사랑과 성을 즐길 권리가 있다는 것을 강조합니다. 우리나라 노인의 성 관련 현황과 문제점을 던집니다. 노인의 성 권리와 건전한 성 문화 확립을 위한 방안에 대해 생각해 볼 수 있는 기회를 제공합니다. 영화는 노인들의 삶과 사랑에 대한 관심을 높이는 데에 큰 역할을 했습니다.

동서양의 두 영화는 중년의 사랑을 그린 작품입니다. 사랑과 인생에 대한 다양한 메시지를 담고 있어 많은 사람들에게 공감과 감동을 불러일으켰습니다. 중년의 나이에 접어드는 사람들에게는 자신의 삶을 되돌아보고 자신의 사랑과 인생에 대해 고민해보는 계기를 제공할 수 있을 것입니다.

쿨리지 효과Coolidge effect와 남녀의 차이

인간과 포유류에 공통적으로 발견되는 성욕에 관한 어떤 현상을 '쿨리지 효과'라고 부릅니다. 이 용어는 미국의 제 30대 대통령 캘빈 쿨리지Calvin Coolidge, 1872~1933가 우연히 던진 농담에서 이름이 지어졌다고 합니다.

쿨리지 효과는 생물학과 심리학에서 포유류의 수컷이 새로운 교미 대상이 나타났을 때, 심지어 아직까지 이전의 파트너와 있고 이 파트너와 교미를 중단한 후인데도 새롭게 성적인 흥분을 나타내는 것을 말합니다. 수컷은 다수의 암컷들과의 교미에 대해서라면 여러 차례 흥분할 준비가 되어 있습니다. 생태학자인 프랭크 비치Frank A. Beach가 1955년의 저작에서 쿨리지 효과를 처음으로 사용했습니다.

그는 이 신조어를 이렇게 표현했습니다. 캘빈 쿨리지가 대통령이었을 때의 우스갯소리입니다. 대통령과 영부인이 정부가 새로 만든 농장을 따로 시찰하던 때였습니다. 영부인이 닭장에 가보았

더니 수탉이 매우 자주 교미하는 것을 볼 수 있었습니다. 그녀가 관리인에게 수탉이 얼마나 자주 하냐고 묻자 "매일 수십 번은 합니다"라는 대답을 들을 수 있었습니다.

그녀는 "대통령이 들를 때 그걸 얘기해 주세요"라고 전해두었습니다. 이 얘기를 듣자 대통령이 물었습니다. "매번 같은 암탉하고 하나요?" 대답은 "아뇨, 대통령님. 매번 다른 암탉과 한답니다"였고 대통령이 이렇게 말했습니다. "그걸 영부인에게 얘기해 주세요."

이렇게 해서 쿨리지 효과라 불리게 되었습니다. 쿨리지 효과는 유머러스한 일화에서 비롯되었지만 남성의 성욕 심리학에 대한 심오한 탐구를 열어줍니다.

다시 말해 쿨리지 효과는 남성이 새로운 여성을 만날 때마다 성적인 흥분을 느끼는 현상을 말합니다. 이는 남성의 생물학적 특성과 관련이 있습니다. 남성은 자신의 유전자를 널리 퍼뜨리기 위해 여러 여성과 짝을 이루고 싶어하는 본능이 있습니다. 진화론적 관점에서 볼 때 여러 파트너와 짝을 이루고 싶은 충동은 유전적 다양성을 극대화하고 자신의 혈통의 생존을 보장하기 위한 전략으로 볼 수 있습니다.

인간의 성적 행동은 순전히 본능적인 것이 아니라 문화적, 사회적, 개인적 요인에 의해서도 형성됩니다. 생물학적 토대는 다양한 파트너에 대한 성향을 암시할 수 있지만 이것이 개인의 행동에서 어떻게 나타나는지는 개인 가치, 사회적 규범 및 심리적 구성에 따라 크게 달라질 수 있습니다.

남성성을 성적 정복과 동일시하는 사회에서 쿨리지 효과는 문화적 서사의 생물학적 검증으로 볼 수 있습니다. 단순한 견해는 인간 관계와 성의 정서적, 심리적 복잡성을 설명하지 못합니다. 어떤 사람들은 새로운 파트너에 대한 본능적인 매력을 느낄 수도 있지만 다른 사람들은 정서적 유대와 심리적 성취에 힘입어 일부일처제 관계에서 더 큰 만족을 찾을 수도 있습니다.

쿨리지 효과와 관련하여 남성의 심리학은 다면적입니다. 한편으로는 유전적 이점을 위해 다양성을 추구하는 부인할 수 없는 생물학적 추진력이 있습니다. 반면에 개인의 경험, 사회적 기대, 남성성과 섹슈얼리티에 대한 문화적 내러티브에 의해 형성되는 개인의 심리적 풍경이 있습니다.

남성의 성욕과 여성의 성욕은 서로 다릅니다. 여성은 남성과는 달리 정서적 유대감을 중요시하며 상대방과의 관계가 안정적일 때 더 큰 만족감을 느낍니다. 여성은 남성보다 성적 욕구가 덜 강하며 성적 욕구를 충족시키는 데 시간이 더 오래 걸립니다.

이런 쿨리지 효과와 남성의 성욕에 대한 논의에는 결과와 책임에 대한 고려도 포함되어야 합니다. 동물의 왕국과 달리 인간의 성적 행동은 윤리적 고려 사항과 관련된 모든 당사자에게 장기적인 심리적 영향을 미칠 가능성이 있기 때문입니다. 자연스러운 충동과 자신과 타인에 대한 책임감 사이의 상호 작용은 각 개인이 헤쳐 나가야 하는 섬세한 균형을 만듭니다.

에로스Eros와 외로움 그리고 사랑

외로움은 우리 삶의 반갑지 않은 손님이 되어 가장 밝은 날에도 장막을 씌울 수 있습니다. 분주한 삶의 반대편에는 외로움이라는 기류가 깔려 있습니다. 그 감정은 누구에게도, 특히 종종 고립감을 느끼는 노인들에게도 예외가 아닙니다. 이 고독 속에는 강력한 해독제가 있습니다. 사랑, 즉 에로스는 기본적인 인간 경험이자 성취의 길입니다.

외로움을 극복하기 위해서 다른 사람들과 소통하고 사랑하는 방법을 찾아야 합니다. 그러려면 먼저 자신의 감정을 인정하고 받아들이는 것이 중요합니다. 관심사와 취미를 찾아 즐기고 새로운 사람들과 만나는 것도 좋은 방법입니다. 동호회나 모임에 참여하거나 봉사활동을 하는 것도 좋은 방법입니다.

사랑은 우리의 삶에 큰 기쁨과 행복을 줍니다. 사랑은 우리의 몸과 마음을 건강하게 해주고 삶의 의미와 가치를 깨닫게 해줍니다. 사랑은 쉬운 일이 아닙니다. 서로의 마음을 이해하고 존중하는 것이 중요합니다. 상대방의 의견을 경청하고 서로의 생각과 감정을 솔직하게 표현하는 것이 좋습니다.

문학평론가 고미숙1960~현재 저자의 《사랑과 연애의 달인 호모 에로스》에서 말하는 주 내용은 사랑은 결국 대상의 문제가 아닌 나의 문제라는 점입니다. 출발은 기교와 방법이 아닌 '몸'이라고 합니다. 몸에 새겨진 기운의 배치를 바꾸는 것이 하나의 방법입니다.

매일 사랑 타령을 하지만 정작 사랑을 공부하는 이는 거의 없습니다. 연애도 부부도 부모도 상대방을 사랑하기 위해서는 사랑의 기술을 먼저 알아야 합니다. 연애 불능시대, 우리 삶을 밑바닥부터 뒤흔드는 에로스를 발견하라고 말합니다. 사랑을 하고 싶지만 도무지 성공하지 못하는 사람들을 위한 사랑의 기술을 인문학적 성찰과 몸곧 우주에 대한 탐구로 풀어내고 있는 본격 연애 입문서인 이 책에 주목하면 여러 해법을 얻을 수 있으리라 봅니다.

사랑을 하고 싶어도 사람이 없다는 말은 결국 대상을 창조할 능력이 없다는 뜻입니다. 최고의 운세란 자신의 운명을 있는 그대로 받아들일 수 있는 것입니다. 그것보다 더 기막힌 길조가 어디 있겠어요? 그런 점에서 최고의 운세란 운명을 사랑하는 운명, 곧 운명애입니다.

사주 명리학 중 사랑의 부분에 대해 다시 한 번 새롭게 생각해 본 책이었습니다. 동양 사상에 뿌리를 둔 철학적 틀인 명리학의 네 기둥은 사랑이나 에로스의 본질을 포함한 인간 존재에 대한 심오한 탐구를 제공합니다. 이 탐구는 단지 이론적인 연습이 아니라 가장

확실하고 전체적인 형태의 사랑을 이해하고 경험하기 위한 실용적인 가이드입니다.

첫 번째 기둥은 몸과 사랑의 연결을 강조합니다. 사랑은 우리의 육체적 존재 위에 떠다니는 추상적인 개념이 아니라 우리의 육체적 경험에 깊이 뿌리박혀 있습니다. 통증, 기쁨, 감각은 단지 무작위로 발생하는 것이 아니라 사랑과 관계에 대한 반응을 포함하여 신체가 상태를 전달하는 방식입니다.

가능하면 데이트할 때도 돈을 쓰지 말고 몸을 쓰는 게 좋습니다. 걷기와 자전거 타기가 좋은 대안입니다. 사랑이란 무엇보다 생명의 활기로 표현됩니다. 자가용에다 커피숍, 모텔 등으로 움직이면 돈도 돈이고 양생적 차원에서도 아주 손해막심합니다. 그 과정에서 술과 고기, 패스트푸드, 쾌락적 섹스 등 그야말로 반 양생적인 것들 투성입니다. 데이트가 잦을수록 몸을 망치게 된다는 결론이 나옵니다. 몸을 망치면 사랑은 반드시 어긋나게 됩니다. 희노애락애오욕, 칠정은 신체의 수준과 나란히 가기 때문입니다.

두 번째 기둥은 사랑의 심리적, 감정적 차원을 다룹니다. 사랑은 연결의 황홀함뿐만 아니라 인간관계에 수반되는 복잡한 감정을 탐색하는 것이라고 가르칩니다. 행복, 분노, 슬픔, 욕망의 변동은 자연스러운 것으로 보이지만 균형을 이루고 이해되어야 합니다.

세 번째 기둥은 사랑의 영적인 측면에 중점을 둡니다. 명리 전통에서 사랑은 인간과 인간의 연결일 뿐만 아니라 개인을 더 큰 우주와 연결하는 신성한 유대이기도 합니다. 이 영적 차원은 개인이 사랑을 자신과 우주에 대한 더 큰 이해의 길로 보도록 장려합니다.

네 번째이자 마지막 기둥은 사랑의 운명과 숙명에 관한 것입니다. 자신의 운명을 받아들이는 개념, 즉 '운명에 대한 사랑'이 핵심입니다. 우리의 삶과 관계를 형성하는 주체가 있지만 우리가 통제할 수 없는 요소도 있다는 것을 이해하는 것입니다. 이런 현실을 받아들이는 것은 체념을 의미하는 것이 아니라 오히려 모든 기복과 함께 사랑을 최대한 경험할 수 있도록 하는 깊은 수용을 의미합니다. 외로움을 막으려면 주변 일에 적극적으로 참여하고 열정을 공유하며 만나는 사랑을 포용함으로써 더 완전하고 의미 있는 관계를 열어갑니다. 이를 소중히 여길 때 결코 혼자가 아니라는 사실도 깨닫게 될 것입니다.

불량 노인으로 사는 법

젊은 사람도 나이가 들면 노인이 됩니다. 노인이 되면 몸이 예전 같지 않고 마음도 젊었을 때와는 달라집니다. 많은 노인들은 자신의 삶을 소극적으로 보내고 새로운 도전을 꺼립니다. 하지만 이런 삶은 노인들에게 결코 바람직하지 않습니다. 나이들수록 더욱 적극적으로 자신의 삶을 즐기고 새로운 도전을 해야 합니다.

일본의 작가이자 정형외과 의사인 와타나베 준이치渡辺淳一, 1933~2014는 "불량 노인이 되라!"고 말합니다. 그는 노인들이 뒷방에 웅크려 있지 말고 남은 삶을 어떻게 보낼지를 선택하고 움직이라고 조언합니다. 본래 이성理性은 찬 것이고 섹스는 따뜻한 정精의 세계입니다. 지나친 이성은 섹스의 적이라는 말입니다. 적당히 즐기며 사는 것이 건강에 유익하고 장수하는 비결이라고 와타나베 준이치는 말합니다.

지금까지는 나이를 먹으면 집에서 조용히 은거하는 것을 미덕으로 여겼습니다. 그래야만 사회로부터 어른 대접을 받았습니다.

이제 그런 문화는 바뀌어야 합니다. 중장년기를 더 건강하고 행복하게 영위하기 위해서는 적극적으로 즐겨야 합니다. 와타나베는 가장 하고 싶은 게 무엇인지 떠올려보고 곧바로 행동하라고 말합니다. 예순의 나이에도 여섯 살짜리 아이처럼 자랄 수 있다고 합니다.

또한 중년기는 자기 발전과 해방 영혼의 성숙을 위한 시간이라고 강조합니다. 체코와 프랑스의 소설가 밀란 쿤데라Milan Kundera, 1929~2023의 소설 《참을 수 없는 존재의 가벼움》은 누구나 살면서 공감하게 되는 인간의 한계와 가벼움에 대해 일격을 가합니다. 쿤데라는 책을 통해 "무거운 것과 가벼운 것의 모순이 가장 신비롭고 미묘하다"라고 말합니다. 그 이유에 대해서는 무엇이 더 긍정적인지 알 수 없기 때문이라고 주장합니다. 인생은 무거운 것인 미래를 위한 삶과 가벼운 것인 현재의 행복을 위한 삶의 모순 관계에 있으며 이 두 가지 사이에서 이동하는 것으로 되어 있습니다. 인생은 허무하지만 반면에 중요성도 갖고 있음을 소설로 고찰했습니다. '잘 죽을 수 있도록 현재를 살라'는 의미를 내포합니다.

이 말에 적극적으로 공감합니다. 노인이 되어서도 자신의 삶을 즐기고 새로운 도전을 하는 것은 얼마든지 가능합니다. 오히려 노인이 되어서야 비로소 얻을 수 있는 삶의 여유와 지혜를 바탕으로 더욱 풍요로운 삶을 살 수 있습니다.

그래서 불량 노인이 되기로 결심했습니다. 그동안 하고 싶었던 일들을 하나씩 해보고 새로운 도전을 두려워하지 않을 것입니다.

나이가 들어서도 계속해서 성장하고 발전하는 삶을 살기를 원합니다. 이는 자신의 책임이나 도덕을 회피하는 것이 아니라 나이와 관련된 기대의 족쇄에서 자신을 해방시키는 것을 말합니다. 고정관념에 도전하고 늙어간다는 것이 무엇을 의미하는지 재정의하는 이야기입니다.

물론 이런 결심이 쉽지는 않을 것입니다. 주변 사람들의 시선도 신경 쓰이고 체력적으로도 부담스러울 수 있습니다. 이런 어려움을 극복하고 자신의 삶을 즐기는 불량 노인이 되고 싶습니다.

"가장 큰 비극은 죽음이 아니기에 죽음을 두려워할 필요는 없다. 우리에게 가장 큰 비극은 살아 있는 동안 충분히 삶을 누리지 못한다는 것이다"라고 번역가이자 《웃음의 치유력》을 쓴 노먼 커슨즈는 역설했습니다.

여러분도 저와 함께 불량 노인이 되어보지 않으시렵니까? 중장년기를 더 건강하고 행복하게 영위하기 위해서는 적극적으로 즐겨야 합니다. 체면이나 따지고 남의 이목만을 의식하며 이성적 사고로 냉철하게 처신하다 보면 즐겨야 할 세월은 다 지나가고 맙니다. 적당히 즐기며 사는 것이 건강에 유익하고 장수하는 비결이라고 합니다. 우리 모두 즐거운 중장년을 위해 지금부터 준비합시다.

부부가 정말 무촌無村일까요

부부는 무촌이라고 합니다. 촌수가 없다는 것은 그만큼 가깝다는 것을 의미합니다. 서로를 이해하고 서로에게 공감하며 존중하고 배려하는 것이 부부가 무촌이 되는 방법입니다. 부부는 서로 다른 환경에서 자란 두 사람이 만나 함께 살아가는 것입니다. 따라서 서로의 생각과 감정을 이해하고 존중하는 것이 중요합니다.

무촌이라는 개념은 개인이 결합되어 있음에도 부부 각자의 고유한 정체성, 생각, 감정을 유지한다는 의미입니다. 결혼 생활이 관계의 풍요로움과 다양성의 원천이 될 수도 있지만 오해와 갈등으로 이어질 수도 있습니다. 부부는 여러 면에서 공존과 개성, 조화와 불화 사이의 균형을 이룹니다.

갈등을 해결하기 위해서는 서로의 의견을 존중하고 대화를 통해 문제를 해결하는 것이 필요합니다. 부부는 천년객千年客이라고 했습니다. 영원한 남이라는 의미입니다. 일심동체一心同體라는 말은 '화목했을 때'의 말입니다. 피 다르고 성이 다르고 자라온 환경이 다른 사람끼리 만나서 가정을 꾸리고 살아가는데 어찌 일생을 통틀어 매일 같이 화목하기만 할까요?

부부는 서로의 삶을 함께 살아가는 동반자입니다. 그래서 생각과 감정을 솔직하게 표현하고 서로의 의견을 존중하는 것이 중요합니다. 행복한 부부 관계를 유지하기 위해서는 서로를 이해하고 존중하는 마음으로 의견을 존중하며 대화를 통해 문제를 해결하는 것이 우선입니다. 서로를 이해하고 존중하는 마음으로 꿈과 목표를 이루기 위해 노력해야 합니다.

부부는 서로를 지지하고 힘이 되어주는 존재입니다. 예를 들어 남편이 직장에서 스트레스를 받을 때 아내가 남편을 위로하고 격려해 줍니다. 아내가 집안일 때문에 힘들어 할 때 남편이 아내를 도와줍니다. 아내가 친구와 싸웠을 때 남편이 아내의 마음을 이해하고 아내의 편을 들어줍니다. "아내란 청년에게 연인이고 중년에게 친구이며 노년에겐 간호사다"라는 말이 있지 않던가요. 결혼 생활의 시기별로 아내의 신분이 달라지는 것을 말합니다.

남편이 아내를 위해 선물을 준비하고 아내가 남편을 위해 요리도 합니다. 서로 다른 두 사람이 만나 하나의 가정을 이루기 때문에 갈등도 생길 수 있습니다. 하지만 갈등을 해결하는 과정에서 서로를 더 잘 이해하고 더 가까워질 수 있습니다.

친밀한 관계임에도 부부는 때때로 서로 무관한 낯선 사람처럼 느껴질 수 있습니다. 이런 미묘한 현실은 일시적인 단절뿐만 아니라 관계가 아무리 깊더라도 복잡하고 취약하다고 봅니다. 모든 커

플 안에 단절의 가능성이 상존한다고 봐야 합니다.

관계는 정적인 것이 아니라 지속적인 양육과 이해가 필요한 역동적인 실체라는 점을 상기해야 합니다. 감정이 발전하고 진화하더라도 동일한 감정이 언젠가 돌이킬 수 없는 단절로 이어질 수 있다는 취약성이 있습니다. 이것은 사랑이나 헌신이 헛되다는 것이 아니라 오히려 조심스럽고 지속적인 보살핌이 필요한 보물이라는 뜻입니다. 이렇듯 부부가 무촌이 되기 위해서는 각별한 주의와 노력이 필요합니다.

피부는 제2의 뇌

피부는 신체적인 것과 감정적인 것 사이의 격차를 해소하는 두 번째 뇌 역할을 합니다. 마음만큼 복잡하고 민감한 기관인 피부는 스킨십을 통해 감정으로 변환됩니다. 피부는 우리의 감각을 인식하고 상호 작용하는 방식에서 중추적인 역할을 합니다.

나이가 들면서 우리 몸에는 많은 변화가 일어납니다. 그 중에서도 피부 노화는 가장 먼저 나타나는 부위 중 하나입니다. 피부가 노화되면 탄력이 줄어들고 주름이 생기며 건조해집니다. 피부는 몸에서 가장 큰 기관 중 하나이며 다양한 기능을 수행합니다. 그 중에서도 가장 중요한 기능은 몸을 보호하는 것입니다. 피부는 외부의 자극으로부터 몸을 보호하고 체온을 조절을 합니다.

또한 피부는 감정과 연결되어 있기 때문에 자신의 감정 상태에 따라 다양한 반응을 보입니다. 예를 들어 스트레스를 받으면 피부가 건조해지고 여드름이 생길 수 있습니다. 반대로 행복한 감정을 느끼면 피부가 부드러워지고 윤기가 생길 수 있습니다. 피부가 단순한 물리적 장벽이 아니라 우리의 감정, 반응, 심지어 정신 건강과 복잡하게 연결된 복잡한 기관이라는 사실을 알 수 있습니다.

우리는 피부를 통해 세상과 소통할 수 있습니다. 피부는 감정을 표현하고 다른 사람들과 연결되는 수단입니다. 피부를 우리 내부 세계의 외부 반영으로 생각해 보면 이해가 금방 갑니다. 예를 들면 부끄러움으로 얼굴이 붉어지고 충격으로 얼굴이 창백해지며 애정으로 따뜻해집니다. 피부를 통해 자신의 내면을 발견하고 자신의 삶을 더욱 풍요롭게 만들 수 있습니다. 그러므로 피부는 우리의 내부 세계와 외부 세계를 연결하는 다리입니다. 스킨십을 통해 이 다리가 튼실해집니다.

스킨십이란 가장 간단한 형태로 아이를 어루만지는 엄마의 어루만짐, 친구 간의 위로의 포옹, 연인의 부드러운 손길 등의 접촉을 통해 연결되는 행위를 의미합니다. 이런 신체적 연결 행위는 언어 표현의 한 방편입니다. 말로 표현할 수 없는 방식으로 사랑, 위로, 소속감을 전달합니다.

스킨십은 중장년들의 건강에도 매우 중요한 역할을 합니다. 나이가 들면 체력이 떨어지고 면역력이 약해집니다. 이로 인해 다양한 질병에 노출될 가능성이 높습니다. 스킨십은 면역력을 강화하고 스트레스를 해소하는 데 도움을 줍니다. 또 나이가 들수록 외로움과 우울감을 느끼기 쉽습니다. 스킨십은 외로움과 우울감을 해소하는 데 도움을 줍니다. 또한 안정감과 소속감을 제공하여 삶의 질을 향상시키는 데 큰 역할을 합니다.

이렇듯 중장년은 체력이 떨어지기 때문에 가벼운 스킨십부터 시작하는 것이 좋습니다. 예를 들어 손을 잡거나 어깨를 안마해주는 것 등이 있습니다. 스킨십을 할 때는 상대방의 의견을 존중하고 상대방의 감정을 고려해야 합니다.

우리가 인생을 사는 동안 이런 접촉의 필요성은 줄어들지 않습니다. 단지 진화할 뿐입니다. 괴로운 순간에 친구가 손을 잡아줄 때 느끼는 따뜻함과 편안함, 또는 긴 하루를 보낸 후 파트너의 포옹에서 오는 평화로움을 생각해 보세요.

이런 스킨십의 순간은 제2의 뇌에 향유를 공급하는 것과 같습니다. 게다가 스트레스를 진정시킵니다. 외로움을 완화하며 주변 사람들과의 연결을 강화합니다. 디지털 커뮤니케이션이 점점 더 많아지는 세상에서 인간의 손길은 귀중한 자산이 되어 물리적 연결에 대한 필요성을 일깨워줍니다.

스킨십이 없다는 점은 극명한 대조를 이룹니다. 긍정적인 접촉이 치유되고 연결될 수 있는 것처럼 접촉이 부족하면 고립감과 스트레스로 이어질 수 있습니다. 항상 반응하는 피부는 긴장성 두통부터 불안감에 이르기까지 다양한 방식으로 이런 감정을 나타낼 수 있습니다. 이는 마치 두 번째 뇌가 연결에 대한 갈망, 즉 접촉의 언어를 통해 세상과 소통해야 한다는 신호를 보내는 것과 같습니다.

스마트 그레이Smart Gray를 아시나요

'스마트 그레이'는 노화에 대한 우리의 인식에 조용한 혁명을 이끌고 있습니다. 노년기가 성장, 모험, 당당한 자기 표현의 시간이 될 수 있음을 증명합니다. 나이가 든다는 것이 무엇을 의미하는지 다시 생각해보게 합니다. 사람은 누구나 나이가 듭니다. 그건 누구도 피할 수 없는 일이죠. 여러분은 '노인'이라고 하면 어떤 이미지가 떠오르나요? 혹시 지루하고 재미없고 고리타분한 이미지가 떠오르지는 않나요?

그건 잘못된 생각입니다. 나이가 들어도 여전히 성장하고 발전할 수 있으며, 더욱 풍요롭고 행복한 삶을 살 수 있습니다. 노인을 그저 보호와 공경의 대상으로만 바라보는 건 이제 그만둬야 합니다. 노인의 삶과 가치를 존중하고 인정하여 그들이 자신의 삶을 즐기고 사회에 기여할 수 있는 기회를 제공해야 합니다.

노인들도 얼마든지 멋지고 섹시하고 우아하게 살 수 있거든요. 그런 노인들을 '스마트 그레이'라고 부릅니다. 스마트 그레이는 경제적으로도 여유가 있고 새로운 기술도 잘 활용할 줄 알며 문화적으로도 세련된 노인들을 일컫는 말입니다. 한마디로 아주 똑똑하고 멋진 노인들이죠.

이런 스마트 그레이들은 자신의 삶을 정말 적극적으로 즐깁니다. 여행도 많이 다니고 취미 생활도 다양하게 즐기며 연애도 하고 운동도 열심히 합니다. 또 패션에도 관심이 많아서 아주 멋지게 옷을 입기도 하죠. 대단하지 않나요? 노인이라고 해서 연애를 하거나 섹시한 모습을 보이면 안 된다는 건 정말 말도 안 되는 편견입니다.

81세의 미국 사업가 마사 스튜어트는 노인이 연애하거나 섹시하고 쿨한 이미지를 가지는 것이 2030세대에게만 어울린다는 편견을 깼습니다. 얼마 전에는 직접 수영복 모델로 나서기도 했습니다.

전 세계적으로 일하는 '옥토제너리언_{80대를 가리키는 표현}'이 늘어나고 있습니다. 수명이 길어지는 현상과 맞물려 80대에도 일을 할 수 있는 '정년' 없는 시대가 오고 있습니다. 체력과 정신력을 유지하면서 일터를 지키는 장년들이 빠른 속도로 늘어나고 있습니다. 예전 같으면 병석에 누워 하루를 보낼 나이인데도 생업에 종사하며 건강을 유지하고 후세대 직장 동료들에게 경험에서 나오는 지혜를 전수하고 있습니다.

고령화로 '옥토제너레이션'이 증가세입니다. 우리나라 70대도 중년이며, 2000년생이 80세가 되는 2080년에는 그중 절반이 노동자로 활동할 것입니다. 미국 대통령 조 바이든은 80세가 넘은 나이에 대통령직을 수행했습니다. 민주당 의원 낸시 펠로시도 올해 83세로 지난 1월 3일까지 미국 연방 하원 의장을 맡았습니다.

1942년생인 영화배우 해리슨 포드는 이미 81세인데도 영화 〈인디아나 존스〉의 다섯 번째 시리즈에서 주인공으로 활동했습니다. 영국의 동물학자 제인 구달은 평생을 침팬지 보호를 위해 헌신한 노년의 모습을 보여주고 있습니다. 89세에도 여전히 활발하게 세계를 누비고 있습니다.

또 다른 예로 우리나라 배우 윤여정은 79세의 나이에 영화 〈미나리〉로 아카데미 여우조연상을 수상하며 세계적인 배우로 인정받았습니다. 윤여정은 노인이 새로운 도전을 두려워하지 않고 자신의 꿈을 이루기 위해 노력하는 모습을 보여 주었습니다.

노인을 그저 나이 든 사람으로만 보는 것이 아니라 노인의 지혜와 경험을 존중하고 자신의 삶을 즐길 수 있도록 도와야 합니다. 노인은 우리의 미래라는 것을 인지하여 그들이 행복하고 건강하게 살 수 있는 사회를 만들어야 합니다. 이를 위해서는 노인에 대한 편견을 버리고 노인을 존중하고 배려해야 합니다. 노인들도 자신의 삶을 즐기고 새로운 도전을 두려워하지 않아야 합니다. 나이가 들어도 얼마든지 자신의 삶을 즐길 수 있다는 걸 명심하시길 바랍니다.

나이가 드는 건 정말 멋진 일입니다. 그만큼 경험도 많아지고 지혜도 쌓이니까요. 나이가 드는 걸 두려워하지 말고 오히려 기대해 보세요. 멋지고 섹시하며 우아하게 늙을 권리가 있습니다. 그 과정에서 더욱 성숙하고 지혜로운 인간으로 성장할 수 있으니까요.

중장년의 섹스리스와 레서피

나이가 들수록 부부 사이에 성관계가 줄어드는 것은 자연스러운 일입니다. 언젠가부터 부부의 섹스에 대해 "가족끼리 하는 것은 근친상간이야"라는 말이 나돌 정도로 결혼 생활에서 섹스리스를 합리화하는 경향이 생겼습니다.

섹스리스는 공식적인 병명이 아닌 일종의 증후군syndrome입니다. 중장년들 사이에서 '섹스리스' 현상이 증가하고 있는 것은 부부 간의 소통 부족, 건강 문제, 스트레스 등 다양한 원인이 있을 수 있습니다. 대다수의 관련 전문가는 부부 사이에서 최근 1년간 성관계가 한 달에 1회 이하일 경우 섹스리스로 판단합니다.

2016년 강동우 의학연구소가 1,090명의 성인 남녀를 대상으로 실시한 성생활 관련 설문조사에서 기혼자 743명 가운데 '섹스리스'는 36.1%였습니다. 강박사는 "해외 논문에 발표된 세계 섹스리스 부부 비율은 20% 수준으로 이에 비하면 한국은 매우 높아 일본에 이어 세계 2위에 해당한다"라고 말했습니다.

이는 중장년만의 경우가 아닌 30대 성인에게도 일어나는 현상입니다. 강 박사는 "젊은 층이 혼자서 스마트폰으로 소셜네트워크서비스SNS를 즐기거나 야외 활동에 몰두하는 등 개인주의 문화가 확산되면서 부부 성생활에 대한 관심이 떨어진 것"이라며 "학교에서 성을 쾌락으로만 가르칠 게 아니라 소중한 부분도 있다는 사실을 배우게 해야 한다"고 말했습니다.

특히 중장년들의 섹스리스 현상의 이유는 여러 가지가 있을 수 있습니다. 우선 건강 문제로 인해 성관계를 갖기 어려울 수 있습니다. 고혈압, 당뇨병, 관절염 등의 질환은 성관계에 영향을 미칠 수 있습니다. 체력 저하로 인해 성관계를 원하는 만큼 자주 할 수 없을 수도 있습니다.

또 다른 이유로는 스트레스를 들 수 있습니다. 은퇴 후의 생활, 자녀의 결혼, 건강 문제 등으로 인해 스트레스를 받을 수 있습니다. 스트레스가 성관계를 회피하는 원인이 될 수 있습니다. 나이가 들면서 성욕이 감소하는 것도 자연스러운 현상입니다. 이는 호르몬 변화, 체력 저하 등이 원인이 될 수 있습니다.

배우자와의 관계가 좋지 않으면 성관계를 회피할 수도 있습니다. 사회적 요인도 섹스리스 현상에 영향을 미칠 수 있습니다. 중장년들은 사회적 시선이나 가족의 반대 등으로 인해 성관계를 갖기 어려울 수 있습니다.

지인들 중에도 남편이나 아내와 섹스를 안 하고 생활한 지 오래되었다는 얘기를 듣습니다. 심한 경우는 5년 이상 한번도 관계를 하지 않은 채 남편이나 아내와 친구처럼 살면서 부부의 성을 포기하였다는 얘기를 들으며 안타깝게 느껴졌습니다.

어떤 경우는 특별히 사랑이란 감정을 느끼지 못한 채 결혼한 경우도 있고 살면서 경제적인 이유로 서로의 감정이 파손된 경우도 있습니다. 개인적으로는 부부 중 누군가 먼저 손을 내민다면 분명히 개선될 수 있을 것이라고 생각합니다.

그들의 공통점은 부부간의 대화가 거의 없다는 사실입니다. 그렇다고 싸움을 자주 하거나 사이가 나쁜 것도 아니라고 합니다. 일상에서 뭔가 같이 해결해야만 하는 문제가 생겼을 때나 어느 한쪽이 필요에 의해서만 대화를 한다는 것입니다.

그런가 하면 남편의 입장에서 아내와 사이도 좋고 섹스도 하고 싶은데 아내가 거부하는 경우도 있습니다. 또는 의무적으로 하다가 발기 부전이나 조루로 섹스를 그만둔 경우도 많았다고 합니다. 아내가 거부하는 경우에 많은 남자들은 야동을 보면서 자위를 하지만 정서적으로는 만족이 되지 않는다는 얘기도 들었습니다.

그 외에 지방이나 해외 출장 갈 때마다 매춘을 통해 성욕을 해소한다는 남자도 있습니다. 이런 일이 생기지 않게 하기 위해서는 서로의 취미에 대해 관심을 갖고 가능한 같이 할 수 있는 것을 찾아야 합니다. 부부가 같이 할 수 있는 것으로 스포츠나 취미생활을 추천합니다. 그를 통해 정서적으로 친밀감을 느낄 수 있습니다.

섹스리스의 많은 부분은 성적 만족도라는 문제에 있지만 성기능 장애 등은 의학의 발달로 많은 효과를 보고 있습니다. 이보다 중요한 문제는 멀어진 마음의 거리를 좁혀 나가는 것에 있습니다. 부부의 성생활은 건강뿐 아니라 무엇보다 삶의 행복을 느끼는 가장 큰 선물이라고 생각합니다.

섹스리스 현상을 극복하기 위해서는 건강 관리, 스트레스 해소, 성욕 증진, 배우자와의 소통, 사회적 지지 등의 대안이 필요합니다. 건강 관리를 통해 성관계에 영향을 미치는 질환을 예방하고 체력을 유지하는 것이 중요합니다. 스트레스를 해소할 수 있는 방법을 찾아 이를 적극적으로 실천해야 합니다.

성욕을 증진시키기 위해서는 호르몬 치료, 운동, 마사지 등의 방법을 시도할 수 있습니다. 배우자와의 소통을 통해 서로의 생각과 감정을 공유하고 서로를 이해하는 것이 중요합니다. 중장년들은 사회적 지지를 통해 자신감을 높이고 사회적 시선에 대한 부담을 줄일 수 있습니다. 정부와 사회 단체는 중장년의 건강과 행복을 위해 다양한 지원을 제공해야 합니다.

건강 교육, 상담 서비스, 성교육 등을 제공하여 시니어들의 건강과 성생활을 지원할 수 있습니다. 섹스리스 현상을 극복하기 위해서는 개인적인 노력과 사회적인 지원이 함께 이루어져야 합니다. 이를 통해 건강하고 행복한 삶을 영위할 수 있습니다.

6장

죽음의 미학美學

죽음이 무섭지 않다고요

장엄하고 기이하게 아름답습니다. 무서웠던 '상여'가 그렇게 느껴지다니요. 예술로 보이는 건가요. 국립민속박물관에 실물 그대로의 상여가 전시되어 있습니다. 소장품 번호 민속 44880번입니다. 상여는 망자가 생전 살던 집을 떠나 영원히 잠들 산소에 이르기 전까지 잠깐 묵는 집입니다.

그 안에 뉘었을 수많은 망자들은 지금 어느 별에 있을까를 상상하며 30여 분 상여 주변을 맴돌았습니다. 색색깔로 그려진 여러 모양의 꼭두를 제대로 바라보기는 처음이었습니다. 살던 집과 마찬가지로 상여에도 보살펴 줄 이들이 필요했고 동시에 저승길을 안내할 안내자가 필요했습니다. 이 역할을 해낸 것들이 바로 꼭두입니다.

죽음은 무겁기만 했습니다. 죽음을 상징하는 상여는 더욱 그랬습니다. 동네 어귀의 '상엿집' 외관은 저승처럼 검고 그곳을 지나칠라면 머릿털이 꼿꼿이 서곤 했습니다. 무섭증과 궁금증의 집합체가 상여였습니다. 당시엔 마을 공동 물건으로 소중하게 다뤄졌습니다.

　상여집과 귀신의 전설 또한 뗄 수 없는 상관관계였습니다. 빗자루 귀신, 몽달 귀신, 처녀 귀신, 총각 귀신 등을 다 갖다 붙이며 공포심을 유발하곤 했지요. 한때 라디오 방송에서 '전설 따라 삼천리'가 유행했습니다. 그곳도 두려움을 키우는 하나의 온상이었습니다. 경기도 어느 산골에 찻길이 생겼는데 새벽에 하얀 소복을 한 채 긴 머리카락을 풀어헤친 여인이 입에 칼을 물고 피를 흘리며 운전자를 유인해 어디론가 데려갔다는 둥 말도 많고 탈도 많던 귀신 시리즈였습니다.

　요즘 '웰다잉Well Dying'을 내세우는 가운데 '웰빙Well Being'을 잘해야 웰다잉을 잘 할 수 있다고 합니다. 죽음 자체보다는 살아있을 때 더 의미 있고 멋진 삶을 살아야 한다는 이야기입니다. 죽음에 대한 여러 의문을 풀기 위해 생사학生死學 포럼 등을 찾아 나서곤 했습니다. 죽음을 연구한 송길원 목사의 처소인 경기도 양평의 청란교회도 방문한 적이 있습니다.

　송 목사는 《죽음이 품격을 입다》라는 책도 펴냈습니다. 획일적이고 단일화한 장례 절차를 비롯해 음지에서 쉬쉬하던 장례와 죽음 문화에 대해 저자는 지난 20여 년간 끊임없이 유쾌한 반란을 시도해왔습니다. 이 책에서는 값비싼 수의 대신 평상복 입기, 고인의 삶이 담긴 임종 대본 만들기, 메모리얼 테이블 제작 등 기발하고 가슴 뭉클한 제안이 끝없이 펼쳐집니다.

우리의 영정 사진은 하나 같이 엄숙합니다. 해학적 죽음이 곧 웰다잉의 길이기도 하며 평상시 죽음 공부는 삶을 보다 잘 살기 위함이라 생각합니다. 우리가 태어날 때 죽음에 대해 걱정을 안 했듯이 살면서 죽음에 대해 걱정할 필요가 있을까요? 평소 잘 사는 삶이 값진 죽음이 되리라 봅니다. 죽음과 삶은 잇대어 있는 하나의 연장선이라고 보고 싶습니다.

종활終活이 활성화된 일본의 장례박람회는 해마다 열립니다. 2023년에 개최된 9회 엔딩Ending 박람회장을 둘러보며 장례문화가 점점 간소화되고 디지털화됨을 실감했습니다. 장례문화는 산 자와 죽은 자의 연결고리라 할 수 있습니다. 고인의 유골을 열처리해 반지나 목걸이 등 유골 보석을 만들어 착용하는 등 다양한 장례 문화가 자리잡고 있음을 한눈에 볼 수 있었습니다.

박람회장은 일본 전국에서 장례 관련 회사가 각종 제품을 출품합니다. 일본은 초고령사회로 다사多死사회입니다. 장지가 모자라는 형편입니다. 대안으로 우주장 소위 말해 풍선장을 치르기도 합니다. 이것은 화장한 시신의 유골을 풍선에 넣어 하늘로 날려 보내는 의식입니다. 유골이 들어 있는 풍선은 땅에서 40~50km 떨어진 성층권에서 기압 차에 의해 터진다고 합니다. 요즘 반려동물을 많이 키우는데 반려견 장례도 사람과 거의 흡사하게 치러져 관심을 끌었습니다.

디지털시대인 지금은 과거의 여러 장례문화가 흘러간 옛이야기처럼 되고 있습니다. 국내에서도 갖가지 화장장이 개발되고 시신을 보관하는 '라스텔LASTEL'도 문을 열었습니다. 라스텔은 라스트 호텔Last Hotel이란 뜻입니다. 인간이 존엄을 유지한 채 이승에서의 마지막을 가족이 보는 앞에서 장례식을 할 수 있는 고급 시신안치 냉장고입니다.

이러한 장례 방식은 우리의 전통 장례를 위생적이고 과학적으로 발전시킨 것입니다. 또 고인의 생전 기록을 QR 코드에 넣어 언제든 고인과 대면하기도 합니다.

장례의 일환으로 사전 장례식을 치르든가, SNS에 떠도는 고인의 기록을 지우는 '디지털 장의사'도 활동하고 있습니다. 무엇보다 추천하고 싶은 것은 사전, 사후 유품 정리와 생전 장례식입니다. 이번 박람회에 동행했던 김두년 전 중원대 총장은 퇴직 후 유품정리사로 봉사하며 저서《은퇴준비와 희망노트》도 내고 중년의 삶을 자신뿐만 아니라 남을 위해 풍성하게 살고 있습니다.

이세상에 나오는 순서는 정해져 있지만 저세상 출두에는 순서가 없음을 기억하며 언제 저세상에 가도 여한이 없는 삶을 살아야겠다는 생각이 드는 요즘입니다. 주위에 세상을 떠났다는 소식이 점점 늘고 있습니다. 부쩍 나눔, 봉사, 사랑 등이 제 주변을 맴돕니다. 이제 조금씩 철이 들어가는 징조인가요.

미약하나마 평소 몇 군데 봉사와 나눔을 하고 있지만 작은 발걸음에 불과합니다. 죽을 때 입는 수의에는 호주머니가 없다는데 좀더 남을 위한 보폭을 키워보려 합니다. 자신의 죽음을 기억하라는 메멘토 모리Memento mori를 늘 간직하며 멋진 삶을 살아야겠다고 다시 한 번 다짐해 봅니다. 우리가 잘 아는 '현재를 즐겨라'라는 뜻의 '카르페 디엠' 내면에는 '죽음을 기억하라'라는 '메멘토 모리'가 숨 쉬고 있습니다.

여생의 잔고는 얼마 남았을까

삶은 희로애락의 연속이며 오르막이 있으면 내리막이 있습니다. 나이가 들면 고독과 외로움에 휩싸이는 경우가 많습니다. 다정했던 친지나 친구가 아프거나 죽어 마음을 슬프게 합니다. 본인도 질병에 걸려 고생합니다. 생로병사는 자연의 이치라 생각하며 잘 받아들이고 아픔과 병마를 친구처럼 여겨야 하겠습니다. 인생은 역경이 올 때를 대비해야 합니다. 여러 어려움 중 외로움을 이겨낼 방법을 생각해 봅시다.

우리 삶에서 외로움은 때로 불청객처럼 슬며시 들어옵니다. 낮과 밤의 구석구석을 맴돌기도 합니다. 이 유령의 방문자를 막기 위해 수행할 온화하고 의미 있는 조치가 있습니다. 외로움의 고통을 피하고 연결감과 성취감을 키우는 데 도움이 될 수 있는 일상생활에 얽힌 몇 가지 예를 볼까요?

먼저 우정의 정원가꾸기입니다. 정원사가 씨앗을 심고 꽃을 피우듯이 우정의 정원을 가꿀 수 있습니다. 그리고 작게 시작하기도 있습니다. 연락이 두절된 오랜 친구에게 연락하거나 이웃과 대화를 시작해 보세요. 또, 같은 생각을 가진 사람들이 모이는 곳으로 관심사에 맞는 클럽이나 동호인 그룹에 가입해 볼 수 있습니다. 각각의 상호 작용은 심겨진 씨앗이며 주의를 기울이고 시간을 투자하면 외로움의 냉기를 막고 아름다운 동료애를 꽃피울 수 있습니다.

시간을 내어 자원봉사도 해보시길 바랍니다. 우리를 더 큰 관계에 더 가깝게 꿰매는 실 하나하나가 우리를 이어줍니다. 관심을 갖는 일을 위해 시간을 내어 자원봉사를 하면 다른 사람들과 연결되고 소통할 수 있습니다. 지역 봉사 센터에서 돕거나 다른 사람들에게 기술을 가르쳐 보세요. 기부 행위는 도움이 필요한 사람들을 도울 뿐만 아니라 고립된 섬 위에 다리를 놓기도 합니다.

또한 배움의 기쁨을 누려 보는 건 어떨까요. 지식과 기술을 얻는 일에 참여하며 새로운 것을 배워 보시길 바랍니다. 언어, 악기, 그림 또는 호기심을 불러일으키는 모든 주제가 해당됩니다. 수업과 세미나는 학습을 위한 장소일 뿐만 아니라 열정과 호기심을 공유하는 사람을 만날 수 있는 좋은 장소이기도 합니다. 실력이 쌓이면서 아는 사람의 범위도 넓어지고 자연스럽게 외로움을 피하게 됩니다.

자연과의 유대감을 조성하는 방법도 있습니다. 자연 세계와 공유하는 조용한 친밀감, 영혼과 대화하는 유대감을 가질 수 있습니다. 야외에서 시간을 보내세요. 공원을 산책하고 정원을 가꾸고 나무 아래 앉아 주변의 삶의 교향곡을 들어보세요. 자연의 포용은 더 큰 존재, 생명으로 연결된 세상의 일부임을 일깨워 줍니다. 자연의 위대함 속에서 외로움은 출구를 찾아 조용히 빠져나가곤 합니다.

그리고 반영하고 표현하기를 통해 마지막으로 내면으로 돌아서 자신의 마음과 정신의 풍경을 탐험해 보세요. 일기 쓰기, 예술, 명상을 통해 성찰에 참여할 수 있습니다. 자신을 표현하는 것은 해방감을 제공하고 종종 명확성과 편안함을 줍니다. 이는 또한 자신의 감정을 이해하고 표현하는 방법이기도 합니다. 인생 여정을 공유하거나 완화할 수 있는 다른 사람들과 더 쉽게 다가가고 연결할 수 있도록 해줍니다.

이런 실천을 일상생활에 엮음으로써 외로움을 견딜 수 있는 기회를 만들 수 있습니다. 외로움에 대한 해독제는 단순히 다른 사람의 존재가 아니라 의미 있는 연결, 목적, 개인적 성장으로 가득 찬 삶을 가꾸는 것입니다. 주변 세계와 연결하기 위해 내딛는 부드러운 발걸음마다 어둠 속에서 촛불이 켜지듯 동료애와 기쁨이 풍부한 삶으로 나아가게 될 것입니다.

간소한 생활을 실천하라

우리는 사는 동안 여러 물건을 소지하며 삽니다. 요즘 간소한 생활 또는 미니멀 라이프Minimal Life라는 말이 유행입니다. 간소한 생활이란 최소한의 것만 소유하는 생활을 말합니다. 그렇다고 마구 버리라는 뜻이 아닙니다. 미니멀 라이프는 불필요한 물건이나 일 등을 줄이고 꼭 필요한 적은 물건으로 살아가는 단순한 생활 방식을 말합니다. 절제를 통해 일상을 단순화하여 소중하고 본질적인 것에 집중하자는 취지입니다. 이는 노후 정리에 대한 관심으로 이어집니다.

우리는 언젠가 죽음을 맞이합니다. 김두년1952~현재 저자의《은퇴 준비와 희망노트》에 따르면 노후 정리 대상은 재산과 정보입니다. 재산에는 부동산과 동산이 있고, 가족 간 공유해야 할 정보가 있습니다. 재산은 아니지만 가족에게 남겨야 할 무형의 재산도 있습니다.

무형의 재산에는 가족의 역사나 가까운 재산적 가치보다는 가족의 추억이 깃든 소중한 물품을 들 수 있습니다. 노후 정리의 첫걸음은 재산목록을 만드는 것에서 시작하고 마지막은 생전과 사후를 정리하는 희망노트 그리고 유품리스트인 희망보자기를 작성해 두는 것이 좋습니다.

노후 정리는 그 시기에 따라 노전 정리, 노후 정리, 유품 정리로 나눠 볼 수 있습니다. 노전 정리는 자신이 늙기 전에 미리 하는 것입니다. 노후 정리는 자신이 죽기 전에 죽음을 염두해 두고 정리를 하는 것입니다. 노후 정리를 함으로써 남은 인생을 편안하게 보낼 수 있습니다. 유품 정리는 자신의 사후에 유족들에 의해 이루어집니다.

한 사람의 인생을 교향곡에 비유해 볼까요? 각 단계마다 고유한 멜로디가 연주됩니다. 한 개인의 솔로 여행을 평화롭게 유지하며 변주에 적응해야 합니다. 사전 생활 정리하기로 미니멀리스트 서곡이라 할 수 있습니다.

해가 저물기 전에는 잘 정돈된 삶의 서막인 미니멀리스트 라이프스타일을 받아들일 수 있습니다. 미니멀리즘은 박탈감이 아니라 진정으로 중요한 것에 집중하는 것입니다. 이는 집뿐만 아니라 마음과 일정의 어수선한 부분을 정리하여 기쁨, 창의성, 평화를 위한 공간을 만드는 일입니다. 모든 물건이 유용하거나 아름답고, 숨 쉬며 생각할 공간이 있는 집을 상상해 보세요. 이것이 미니멀라이프의 핵심입니다.

예를 들어 40대 그래픽 디자이너인 김 씨는 미니멀리즘을 받아들이기로 결정했습니다. 김 씨는 집을 정리하고 기쁨을 가져다 주거나 꼭 필요한 것들만 보관하는 것부터 시작했습니다. 그녀의 물리적 공간이 깨끗해지면서 스트레스가 감소하고 창의성이 치솟는 것을 발견했습니다. 김 씨는 자신의 열정에 맞는 프로젝트에 집중하고 그렇지 않은 프로젝트는 거절하면서 약속도 단순화했습니다. 김 씨의 미니멀리스트 서곡은 보다 의도적이고 만족스러운 삶을 위한 무대를 마련했습니다.

노후 정리하기에서 준비의 교향곡을 들어보죠. 중장년을 정리하는 것은 준비의 교향곡이 됩니다. 이는 자신과 가족의 편안함, 존엄성, 명확성을 확보하는 것입니다. 노후를 정리한다는 것은 유·무형의 자산을 살펴보고 소망을 알리는 일입니다.

유형자산에는 부동산과 개인재산이 포함됩니다. 무형자산에는 가족의 추억과 가치도 해당됩니다. 예를 들어 은퇴한 교사인 이 씨는 자신의 자산 목록을 작성하는 것부터 시작했습니다. 그는 가족 가보가 감상적인 가치를 지니고 있는지 먼저 살폈습니다. 자녀들과 논의하고 이러한 유품에 대한 자신의 소망을 문서화했습니다. 또한 자신의 가치관, 사랑, 미래에 대한 희망을 표현하는 개인 편지인 '희망 노트'도 가족에게 썼습니다.

유품 정리의 마지막 악장을 들어볼까요. 이 교향곡의 마지막 악장은 유품 정리하기입니다. 이는 살아남은 가족들이 수행하는 작업입니다. 미리 준비하면 남은 가족에게 이런 부담을 덜 수 있습니다. 여기에는 어떤 품목이 누구에게 왜 전달되는지 자세히 설명하는 '희망보자기' 또는 기념품 목록을 만드는 것이 포함됩니다.

예를 들어 구 씨는 열성 마니아입니다. 구 씨는 사랑하는 취미인 정원 가꾸기에 관련된 도구와 책들에 손자손녀들의 이름을 적어 놓았습니다. 또 각각의 물건에 작은 메모를 첨부하여 공유하고 싶은 추억이나 조언을 남겼습니다. 이렇게 해서 이 물건들은 사랑과 지혜가 담긴 선물로 변모했습니다.

연명 치료 해, 말어?

'연명 치료'란 임종 과정에 있는 환자에게 할 수 있는 심폐소생술, 혈액투석, 항암제 투여, 인공호흡기 착용, 체외생명유지술, 수혈, 혈압상승제 투여 등의 의학적 시술입니다. 치료 효과 없이 임종하기까지의 기간만 연장하는 의료 시술을 뜻합니다.

연명 치료를 하지 않기로 결정하는 것은 삶의 질과 죽음의 성격에 대한 결정입니다. 이는 자연스럽고 방해받지 않는 종말의 가치가 어떤 대가를 치르더라도 삶의 지속보다 더 중요하다고 결정하는 것입니다. 포기하는 것이 아닙니다. 인간의 존엄성과 평화를 바탕으로 삶과 죽음의 자연스러운 순환을 받아들이는 것입니다.

연로하신 부모님이 계시거나 이미 경험한 분들은 잘 알고 계실 겁니다. 환자가 이미 연명 치료를 거부한 의사가 있거나 증명서가 있다면 별 문제가 없습니다. 그렇지 않고 갑작스런 사고나 연명치료 여부에 대한 준비가 없다면 당황스럽기도 합니다. 연명치료를 거부하면 환자에 대한 예의가 아니라는 생각으로 갈등합니다. 가족 간에 의견 차이를 보일 수 있습니다.

평생 파도를 타고 폭풍을 받아들이면서 바다의 자연적인 리듬을 존중하며 보낸 노련한 선원인 강 씨를 예로 들어 보겠습니다. 그는 불치병에 직면했을 때 연명 치료를 중단하기로 결정했습니다. 강 씨에게 이 결정은 그의 삶의 철학을 반영했습니다. 강 씨가 바다를 정복하려 하지 않고 파도를 타는 법을 배운 것처럼 그는 질병과 싸우지 않고 삶의 자연스러운 조류를 타는 것을 선택했습니다.

인간 경험에는 기쁨과 슬픔, 건강과 질병의 실타래가 복잡하게 엮어 있습니다. 독특한 패턴을 만들어냅니다. 복잡함을 헤쳐나가는 동안 일부 사람들은 연명 치료를 사용할지 여부에 대한 심오한 결정에 직면할 때가 옵니다. 이 선택은 매우 개인적입니다. 마지막 장에 대한 신념, 경험 및 욕구의 모자이크를 반영합니다.

인생의 종말을 논하는 것이 어둠에 가려질 필요는 없습니다. 유머와 가벼움은 편안함과 안도감을 제공할 수 있습니다. 평생 코미디언으로 살아온 구봉서 씨는 자신의 경력에 영향을 준 것과 같은 재치로 결정을 내렸습니다. 그는 "코미디언 중에 어려운 사람이 많으니 조의금을 받지 말라"고 말했습니다. 그의 미담이 담긴 마지막 사랑의 마음이 가족들과 사회에 훈기를 남겼습니다. 이는 연명치료 거부와 함께 기억해야 할 사건입니다.

연명 치료를 거부하는 결정을 내리면 종종 유산을 남기고 의미 있는 작별 인사를 합니다. 초점을 거기에 맞춰 마지막 날을 더욱 의식적으로 맞이할 수 있습니다. 미국 시인 에밀리 디킨슨은 사랑하는 사람들과 함께 추억을 나누고 좋아하는 시를 읽고 사랑과 감사를 표현하며 마지막 나날을 보냈습니다. 시인은 자신의 결정을 자신의 최종 구성, 즉 잘 사는 삶에 대한 신중하고 사려 깊은 결론으로 여겼습니다.

임종 시 임종 돌봄에 대한 개인의 선택을 존중하고 지원하는 것이 중요합니다. 이런 결정에 직면한 사람들에게 정보, 자원 및 정서적 지원을 제공하고 사적인 판단 없이 그들의 선택을 존중하는 것을 의미합니다. 이는 자신의 죽음을 직면하고 개인적인 가치와 욕구에 부합하는 결정을 내리는 데 필요한 용기를 인식하는 것입니다.

연명 치료를 하지 않기로 결정하는 것은 매우 개인적이고 용기 있는 결정입니다. 이는 인생의 자연스러운 결론을 존중하고 인간 존엄성을 우선시하는 선택입니다. 이런 선택을 논의하고 계획함으로써 자신의 삶의 이야기와 조화를 이룰 수 있습니다. 죽음의 두려움이 아니라 자신에게 진실한 삶을 살아가는 데서 오는 우아함과 존엄성으로 생의 마지막을 받아들이는 과정입니다.

지적유품자서전 쓰기

'지적유품자서전'은 전통적인 생애 사건을 기록하는 것을 넘어 섭니다. 깊이 있는 사고, 아이디어, 철학, 한평생 모은 지식의 모자 이크를 담은 매우 개인적이고 성찰적인 작업입니다.

이 자서전은 내면적 여정, 사상, 신념 그리고 지혜의 진화에 대해 다룹니다. 마음과 정신의 유산이며 미래 세대를 위한 통찰력과 성찰의 선물입니다. 지적유품자서전은 자기 자신과의 친밀한 대화입니다. 다른 이들이 자신의 깊은 층을 이해할 수 있는 초대장입니다. 그것은 인생의 선택, 신념, 변화의 이유와 방법을 탐구합니다. 개인의 철학, 영향력 있는 책, 실현의 순간 그리고 경험을 통한 사고의 진화를 깊이 있게 파고듭니다.

지적유품자서전을 만들려면 주요 철학적 순간을 반영해야 합니다. 인생에서 중요한 변화나 깨달음의 순간을 기억해 보세요. 언제 관점이 바뀌었나요? 어떤 경험이 자신의 신념을 도전하고 성장으로 이끌었을까요?

또한 영향력 있는 작품의 목록을 만들어 보시길 바랍니다. 사고를 형성한 책, 예술 작품, 음악 그리고 다른 문화적 요소들을 문서화하세요. 미국의 작가 하퍼 리의 소설로 1960년에 출판된 《앵무새 죽이기》가 자산의 정의에 대한 이해를 어떻게 바꾸었나요? 반 고흐의 〈별이 빛나는 밤〉이 미의 인식을 어떻게 변화시켰나요? 등의 주제로 분류해 만들어보는 것도 좋겠습니다.

우리의 신념과 가치관은 시간이 지나면서 어떻게 변화했을까요? 영적, 정치적, 도덕적 나침반의 여정을 논의해보길 권합니다. 또 개인적 지혜와 학습을 공유하여 인생이 당신에게 가르쳐 준 가장 중요한 교훈을 생각해 보시길 바랍니다. 이것은 인간 본성에 대한 통찰, 실패를 다루는 조언 또는 의미 있는 삶을 사는 방법에 대한 생각일 수 있습니다.

미래의 자신이나 미래 세대에게 조언, 경고 또는 희망을 제공하는 편지를 써 보세요. 과거의 자신과 상상의 대화도 나누며 변화와 성장에 대해 논의할 수 있을 것입니다.

지적 관점으로 개인적인 이야기와 일화를 엮어 넣으세요. 버스에서 낯선 사람과의 대화가 어떤 새로운 사고방식으로 영감을 주었나요? 여행이 어떻게 자신의 세계관을 넓혔는지요?

지적유품자서전을 만드는 것은 다른 이들을 위한 유산을 남기는 것뿐만 아니라 자기 이해와 성찰을 위한 작업입니다. 각기 다른 삶을 통해 남과 다른 신념과 가치를 명확히 하는 것을 요구합니다. 이 유산을 물려받는 이들에게는 지적유품자서전의 저자에 대한 깊고 미묘한 이해, 삶의 지적 및 영적의 친밀한 지도를 제공할 것입니다.

물질적인 것이 종종 정신적인 것을 가리는 세상에서 지적유품자 서전은 아이디어의 지속적인 힘과 인간 정신의 성장과 변화에 대한 능력을 증명하는 셈입니다. 그것은 우리의 몸은 유한하지만 마음의 삶과 마음의 유산은 사랑과 영감을 계속해서 불어넣을 수 있다는 것을 기억하게 합니다.

심각한 다사_{多死} 사회의 도래

글로벌 사회의 방대하고 복잡함 가운데 광범위한 건강 위기나 재앙으로 인해 발생하는 다중 사망 현상은 심각한 문제입니다. 높은 사망률과 씨름하는 사회는 즉각적인 손실의 비극에 직면할 뿐만 아니라 정신 건강, 경제, 사회 구조에 대한 장기적인 영향에도 관련이 됩니다.

영원히 고통을 겪는 국가는 없습니다만 분쟁, 빈곤, 건강 위기를 겪고 있는 국가는 종종 다중 사망이라는 더 큰 부담을 짊어지고 있습니다. 과거 한국전쟁이나 지금의 우크라이나 전쟁, 코로나 19 등의 사건으로 많은 사람이 희생되었습니다. 이런 과제와 해결점을 이해하면 인간 사회의 회복력과 적응성에 대한 통찰력을 얻을 수 있습니다.

사회가 특히 짧은 기간에 여러 번의 죽음을 경험하면 공동체의 구조가 흔들립니다. 슬픔은 집단적 경험이 되고 애도의식은 슬픔의 공개적인 표현으로 변합니다. 심리적 영향은 고인의 직계 범위를 넘어 더 넓은 사회적 정신 건강과 복지에 영향을 미칩니다.

경제적으로 인력 및 생산성 손실과 의료 비용 증가는 이미 제한된 자원에 부담을 줄 수 있습니다. 사회적으로 가족과 지원 시스템이 붕괴됨에 따라 지역사회의 구조가 바뀔 수 있습니다.

어느 국가에서나 다수의 사망으로 이어지는 위기에 직면할 수 있지만 특정 상황은 더욱 취약합니다. 시리아나 예멘과 같은 분쟁 국가에서는 폭력과 전쟁으로 인해 엄청난 인명 손실이 정기적으로 발생합니다. 이런 환경에서는 끊임없는 죽음의 위협이 일상생활을 변화시켜 지역 사회가 손실이 흔한 현실에 적응하도록 강요합니다.

빈곤이 만연하거나 의료 시스템이 부족한 국가에서는 특히 전염병이나 자연 재해에 직면할 때 다발성 사망 비율이 더 높습니다. 예를 들어 서아프리카의 에볼라 발병과 전 세계적으로 발생한 코로나19 팬데믹은 의료 시스템이 얼마나 빨리 압도되어 비극적인 손실을 초래할 수 있는지를 보여 주었습니다.

국가에서는 피해를 입은 사람들의 즉각적인 필요 사항을 해결하기 위해 응급 서비스, 의료 전문가, 자원 봉사자를 동원하는 경우가 많습니다. 국제 원조와 지원은 특히 자원이 부족한 지역에서 이러한 노력을 보완하는 데 중요한 역할을 합니다.

엄청난 심리적 영향을 인식한 많은 사회에서는 대량 사상자의 여파로 정신 건강 지원을 강조하기 시작했습니다. 여기에는 상담 서비스, 지역사회 지원 그룹, PTSD 및 기타 트라우마 관련 문제를 해결하기 위한 계획 등이 포함됩니다.

장기적인 영향을 완화하기 위해 정부와 조직은 경제 및 사회 회복 계획을 시행합니다. 여기에는 유족을 위한 재정적 지원, 일자리 창출 프로그램, 지역사회 구조 재건 노력이 포함될 수 있습니다. 사회는 과거의 사고로부터 교훈을 얻어 미래의 위기를 예방하거나 그 영향을 완화하기 위해 더 나은 의료 인프라, 조기 경보 시스템, 공중 보건 교육에 투자합니다.

한 사회에서 다중 사망 문제는 포괄적이고 공감적인 접근이 필요한 다각적인 문제입니다. 즉각적인 대응도 중요하지만 장기적인 복구 및 예방 전략도 똑같이 중요합니다. 사회는 영향과 이를 해결하기 위해 취한 조치를 이해함으로써 심각한 손실에 직면하더라도 회복력과 희망을 구축할 수 있습니다. 서로를 지원하고, 잃어버린 사람들을 기리고, 재건하기 위해 함께 모이는 공동체의 이야기는 인간 정신의 지속적인 힘에 대한 증거입니다.

앞으로는 기후 변화 등으로 발생할 불가항력적인 일들도 예상됩니다. 지진, 태풍, 가뭄, 지구온도 상승 등등 그에 따른 환경 보호 등은 국가만의 책임이 아닌 개개인 모두의 몫이됩니다. 이제는 모두가 노력할 때입니다.

주목받는 벌룬Balloon 우주장

고령화 국가 일본은 매장 공간 부족이 시급합니다. 전통적인 매장 방식은 실현 가능성이 낮아지고 있으며 이에 따라 대체 방법이 필요하게 되었습니다. 보다 지속 가능한 관행을 추구함에 따라 탄생한 풍선 장례식은 토지 집약도가 덜한 옵션을 제공하여 전통적인 매장 방법에 비해 생태 발자국을 줄입니다.

초고령화 사회와 매장공간 부족의 현실에 직면한 일본의 '엔딩 엑스포'는 혁신적인 장례문화를 선보였습니다. 그 중에서도 풍선 장례식의 개념은 단순히 물류적인 해결책이 아니라 죽음을 둘러싼 의식과 기억의 본질 변화에 대한 심오한 진술로서 두드러집니다. 2023년 8월에 열린 일본 엔딩 엑스포 중 가장 큰 관심은 '우주장'이었습니다. 우주장이란 일본의 제한된 토지 가용성 문제를 고려하여 공간 효율적인 매장 방법에 관한 분야입니다. 이 글에 언급한 '풍선 장례식'과 같은 혁신적인 접근 방식이 포함될 수 있습니다. 이는 전통적인 매장 방법보다 더 적은 토지를 사용합니다.

이와 같이 장례식을 단순화하는 경향이 눈에 띄게 나타나고 있습니다. 이런 단순화는 현대 일본 생활 방식에 맞춰 미니멀리즘과 실용성을 향한 광범위한 사회적 변화를 반영합니다. 디지털 기념관과 혁신적인 추모 방법을 선보이는 엑스포에서는 전통과 기술 발전을 조화시키는 것으로 알려진 사회에 적합한 현대적이고 개인화된 의식으로의 전환을 강조합니다.

유골을 보석으로 바꾸거나 풍선에 담아 하늘로 보내는 것은 사랑하는 사람을 기억하는 매우 개인적인 방법입니다. 이런 방법은 전통적인 방법에는 부족할 수 있는 물리적, 상징적 연결을 제공합니다. 풍선을 하늘로 띄우는 행위는 놓아주기에 대한 가슴 아픈 은유가 될 수 있습니다. 영혼의 상승을 시각적, 감정적으로 표현하여 유족에게 위로를 제공합니다.

반려동물 장례식이 인기를 얻으면서 다양하고 적응 가능한 장례식 옵션에 대한 필요성이 분명해졌습니다. 풍선 장례식은 사람들이 반려동물과 공유하는 깊은 감정적 유대를 반영하여 반려동물에게 쉽게 적용할 수 있습니다. 이러한 풍선 장례식의 단순성과 적응성 덕분에 다양한 신념과 재정 상황을 존중하면서 더 많은 사람들이 접근할 수 있습니다.

엑스포에서 얻은 관심은 혁신적인 장례 관행에 대한 대중의 수용과 호기심이 커지고 있음을 의미합니다. 박람회는 이러한 옵션을 보여줌으로써 죽음과 기억에 대한 대화의 공간을 만들고 사람들이 마지막 이별을 고려하고 계획하도록 장려합니다.

일본 엔딩 엑스포에서 관찰된 풍선 장례식은 단순히 물류 문제에 대한 대응이 아니라 죽음을 둘러싼 문화적 관행의 의미 있는 진화입니다. 이는 공간에 대한 필요성, 환경 문제, 개인적이고 기억에 남는 의식에 대한 욕구를 조화시키려는 사회의 시도를 나타냅니다.

장례 관행의 변화를 목격하면서 혁신은 단순히 편의성에 관한 게 아니라는 사실을 깨달았습니다. 현대의 가치와 감성에 공감하는 새로운 전통을 만드는 것임을 분명하게 알 수 있었습니다. 이런 관점에서 볼 때 풍선 장례식은 사회적, 환경적, 기술적 환경의 변화에 직면하여 끊임없이 적응하는 인간 문화의 본질에 대한 증거입니다.

생전장生前葬의 심오한 뜻

요즘 각 나라는 생전 장례식에 관심이 많습니다. 생전 장례식 또는 사후 장례식이란 자신의 삶을 되돌아보고 사랑하는 사람에게 미리 작별 인사를 하는 겁니다. 살아 있는 동안 자신의 추모에 참여할 수 있는 독특한 기회를 제공하는 심오한 개념입니다.

일본과 같은 고령화 사회에서 인기를 얻고 있는 이 관행은 단순히 죽음에 맞서기보다 삶과 유산을 축하하는 것입니다. 살아있는 장례식에 대한 인식과 수용을 확산시키기 위해 몇 가지 전략을 사용할 수 있습니다.

먼저 공개 강연, 워크숍, 유익한 캠페인을 통해 생전 장례식을 거행하는 방법이 있습니다. 노인이나 불치병을 앓는 사람 외에도 종결을 원하는 사람, 자신의 감정과 바람을 직접 표현하려는 모든 사람에게 해당합니다. 그 이점을 강조하여 개념을 쉽게 이해할 수 있습니다. 실제 장례식을 경험한 사람들의 개인적인 간증과 사례 연구는 장례식에 대한 공감적이고 진심 어린 통찰력을 제공함으로써 강력한 힘을 발휘할 수 있습니다.

2023년 10월 14일 생전이별식을 치른 유중희 씨 사례를 한번 볼까요. 유중희 씨의 사례를 보면 장례문화가 '사전고별식'으로 바뀌고 있음을 알 수 있습니다. 상가 조문 문화가 생전에 미리 사전고별식으로 간소화되고 있습니다. 고희를 맞은 유 씨는 '죽음은 당하지 말고 맞이하자'는 삶을 실천하고 있습니다.

이 개념을 임종 계획에 관한 더 광범위한 논의에 포함합니다. 사람들이 자신의 장례 희망 사항을 미리 생각하고 계획하도록 장려하면 살아있는 장례식을 고려하는 문이 열릴 수 있습니다. 이는 임종 돌봄과 소망에 대한 논의가 이미 진행되고 있는 의료 서비스 제공자, 유산 계획 서비스, 노인 커뮤니티 센터를 통해 촉진될 수 있습니다.

더불어 문화적 적응과 감수성이 중요합니다. 각 사회에는 죽음과 임종에 관한 고유한 견해와 관습이 있습니다. 이를 이해하고 존중하는 동시에 살아있는 장례식의 개념을 부드럽게 소개하는 것이 아이디어를 더욱 구체화할 수 있습니다. 예를 들어 죽음에 대해 이야기하는 것이 금기시되는 사회에서는 삶과 자신의 성취를 축하하는 개념부터 시작하는 것이 더 수용 가능한 접근 방식일 수 있습니다.

더욱이 소셜 미디어와 최신 커뮤니케이션 플랫폼을 활용하는 것은 소문을 퍼뜨리는 데 중요한 역할을 할 수 있습니다. 실제 장례식에 관한 이야기, 기사, 동영상을 공유하면 폭넓은 청중에게 다가가 대화를 촉발할 수 있습니다. 또한 살아있는 장례식을 옹호하거나 경험한 공인, 종교 지도자 또는 영향력 있는 사람들의 지지나 토론은 상당한 영향을 미칠 수 있습니다.

일반 대중이 더 잘 인식하고 수용할 수 있도록 하려면 죽음과 임종에 대한 일반적인 두려움과 오해를 해결하는 것도 중요합니다. 커뮤니티 포럼, 온라인 플랫폼, 지원 그룹 등을 통해 공개 대화 공간을 제공하면 사람들이 자신의 두려움을 표현하고 다른 사람의 경험을 통해 배우는 데 도움이 될 수 있습니다.

살아있는 장례식에 대한 개념을 확산하고 대중의 인식을 제고하기 위해서는 교육, 문화적 감수성, 개인 스토리텔링, 열린 대화에 초점을 맞춘 다각적인 접근이 필요합니다. 삶을 축하하고 종결과 성찰을 위한 기회로 장려함으로써 활성화가 가능합니다. 사회는 살아있는 장례식을 병적인 예행 연습이 아니라 의미 있고 카타르시스적인 부분으로 보기 시작할 수 있습니다.

여러나라 장례식과 허와 실

　장례식도 나라마다 다릅니다. 이는 각 나라의 문화에 속합니다. 죽음의 통과의례로서의 장례식은 전 세계의 문화적, 종교적, 사회적 가치의 심오한 다양성을 반영합니다. 전통과 신앙에 깊이 뿌리를 둔 이런 의식은 고인의 유해를 처리하는 것을 의미합니다. 장례식은 죽음에 대한 공동체의 반응을 구현하고 위로와 슬픔을 처리하는 방법을 제공합니다.

　미국에서는 장례식에 참관이나 깨우기, 장례식, 매장 또는 화장이 포함되는 경우가 많습니다. 의식은 엄숙하고 전통적인 행사부터 기념 행사에 이르기까지 종교적 신념과 개인 취향에 따라 크게 달라질 수 있습니다. 주목할 만한 현대적 추세는 점점 커지는 환경 의식을 반영하는 '친환경 장례식'입니다. 친환경 장례는 장례 서비스가 환경에 미치는 영향을 최소화하는 것을 목표로 하는 장례 관행입니다. 이런 유형의 장례식은 전통적인 금속 또는 광택 처리된 나무 관 대신 대나무, 버드나무 또는 처리되지 않은 목재와 같이 토양에서 쉽게 분해되는 재료로 만든 관을 사용하는 경우가 많습니다.

자연매장지는 일반 묘지와 달리 환경 훼손 없이 자연적으로 시신이 분해되어 생태계 보전에 기여할 수 있고, 친환경 장례식에서는 일반적으로 화학적 방부 처리를 건너뛰거나 천연 대안을 사용하여 시신을 더 짧은 기간 동안 보존합니다.

자원 보존 차원에서 전통적인 장례 때 흔히 발생하는 콘크리트 금고 및 광범위한 조경과 같은 자원 사용을 줄이는 것을 목표로 합니다. 또한 묘비 대신 나무나 바위 같은 자연 표지를 사용하기도 합니다.

이와 대조적으로 가나에서는 장례식이 다채로운 행렬, 고인의 삶이나 경력을 나타내기 위해 고안된 정교한 관, 광범위한 지역 사회 참여로 활기 넘치는 행사입니다. 이는 단순한 슬픔의 표현이 아니라 삶을 축하하는 축제이며 며칠 동안 지속될 수 있습니다.

불교도인 태국에서 장례식은 매우 영적인 것이며 최대 일주일까지 지속되기도 합니다. 시신은 종종 화장되며, 일정 기간이 지나면 고인을 기도와 헌금으로 기리게 됩니다. 승려들은 고인의 다음 생을 위해 노래를 부르고 공덕을 바치는 등 의식에서 중요한 역할을 합니다.

일본에서는 대다수가 불교나 신도의 관습을 따르며, 화장이 표준입니다. 가족이 젓가락으로 재에서 뼈를 꺼내는 복잡한 의식인 '고쓰아게'는 장례식의 독특하고 친밀한 부분으로, 가족의 마지막 작별과 죽음 이후에도 계속되는 보살핌을 상징합니다.

사우디아라비아나 인도네시아 같은 나라에서 볼 수 있는 이슬람식 장례식은 단순함과 신속함이 특징입니다. 고인은 보통 관 없이 메카를 바라보며 24시간 이내에 매장됩니다. 목적은 평등주의와 시신을 땅으로 되돌리는 데 있으며, 정교한 마커나 장식은 종종 권장되지 않습니다.

　세속주의로 유명한 북유럽 국가에서는 비종교적인 장례식이 증가했습니다. 예를 들어, 스웨덴과 노르웨이에서는 장례식이 전통적인 종교 의식보다는 고인의 삶을 축하하는 데 더 중점을 두며 개인의 신념과 가치를 반영하는 맞춤형 예식을 진행합니다.

　관례는 다양하지만 모든 장례식에는 고인을 기리고 기억하고, 작별 인사를 하는 공통된 내용이 담겨 있습니다. 그러나 죽음의 상업화가 전 세계적으로 장례 관행에 영향을 미친 것도 사실입니다. 많은 국가, 특히 서구의 장례 산업은 높은 비용과 고가의 서비스나 관을 구입해야 한다는 압력 때문에 종종 비판을 받습니다. 이로 인해 가정장례나 자연장례 등의 대안에 대한 관심이 높아지고 있습니다.

　세계화와 문화의 혼합으로 인해 새로운 관습과 신념이 도입되면서 전통적 요소와 현대적 요소가 혼합된 더욱 개인화된 장례식이 탄생하게 되었습니다. 디지털 시대는 또한 온라인 기념관 및 디지털 유산과 같은 새로운 개념을 도입하여 사회가 발전함에 따라 죽음을 다루는 방식도 발전한다는 것을 보여줍니다.

코로나19가 던진 죽음과 전통 장례식

코로나19 팬데믹은 우울한 시간이었습니다. 죽음과 장례에 관한 깊고 고통스러운 질문들을 마주하게 했습니다. 세계적 위기는 우리 일상의 풍경뿐만 아니라 삶의 마지막을 접근하고 기리는 방식에도 그림자를 드리웠습니다.

불확실한 시기를 거치며 어느 때보다도 절박하고 구체적인 방식으로 죽음이라는 현실과 씨름했습니다. 팬데믹은 죽음의 불가피성을 더욱 뚜렷하게 드러내며 우리의 연약함과 존재의 덧없음을 상기시켜 주었습니다.

전통적인 장례 관행은 문화적이고 종교적인 의식에 깊이 뿌리내리며 크게 영향을 받았습니다. 사회적 거리두기의 필요성과 바이러스가 초래한 위험으로 인해 우리는 애도하는 방식과 존경을 표하는 방법을 재고하게 되었습니다.

가족과 친구들이 모여 위로하고 추억을 공유하는 관습적인 모임은 현저히 제한되거나 변형되었습니다. 이 때문에 많은 이들이 고

독 속에서 애도하며 폐쇄감과 공동체 의식을 갈망하고 있습니다.

이런 도전 속에서도 이별과 기억의 의미에 대한 가슴 아픈 성찰이 드러납니다. 제약은 새로운 의식과 연결 방식을 탄생시켰습니다. 가상 추모식, 온라인 애도 메시지, 실시간 중계된 의식들이 우리의 슬픔과 지지를 표현하는 새로운 수단이 되었습니다. 이러한 적응은 필요에서 비롯되었지만 인간 정신의 회복력과 사랑과 연민의 지속적인 힘을 드러냈습니다.

코로나19 시대는 죽음과 장례식에 큰 영향을 미쳤습니다. 상실에 대한 슬픔을 표현하고, 존중하며, 기억해야 하는 인간의 본질적인 필요성이 무엇인지를 깨닫게 했습니다. 전염병과 같은 전례 없는 어려움에 처하더라도 잃어버린 사람들에 대해 애도와 사랑을 전달할 방법을 찾아야 할 것입니다. 이 상실과 적응의 경험은 인간 본연의 자세를 다시 한 번 상기시켜 줍니다.

그간 우리의 장례문화는 남겨진 자들 위주의 겉치레가 컸습니다. 남에게 준 부의금과 화환 등을 돌려받으며 되갚기식 행사로 간주되는 경향이 있었습니다. 장례식장을 찾는 조문객들은 살아생전 고인의 면면에는 별 관심조차 없고 인사치레식 조문에 그치곤 했습니다.

코로나19로 장례문화도 많이 바뀌었습니다. 간단하게 필요 절차만 행하며 가족, 친지, 절친 정도로 장례를 치르는 것으로 변모하고 있습니다. 바람직한 방향의 진화발전입니다. 유교적 관습으로 자리를 굳건히 지키던 장례식이 점점 희미해지는 것 같습니다.

비대면 코로나19가 가져다 준 변화입니다.

이런 현실에 직면하면서 죽음에 대해 더 깊은 이해와 연민을 받아들일 것을 요구받고 있습니다. 각 순간의 가치와 우리가 공유하는 연결의 소중함을 기억하게 됩니다. 이 정신으로 많은 이들이 짊어진 슬픔과 잃어버린 삶을 기리며 코로나19 역사의 시기에 '공감적인 이별의 시대'라는 과제를 생각합니다.

기존 장례식과 코로나19 이후의 변화한 장례문화가 안겨준 차이점은 큽니다. 인간 마음의 회복력, 우리 전통의 적응성 그리고 가장 도전적인 시기에도 우리가 사랑하는 이들을 기리는 방식에서 나타난 깊은 방식들을 기리는 기회가 되길 바랍니다.

7장

수의에는
호주머니가 없다

부富에도 품격이 있다

재정적 번영뿐만 아니라 윤리적 정직성과 사회적 기여를 포괄하도록 부의 윤곽이 다시 그려지고 있는 시대입니다. '부의 존엄성'이라는 개념은 개인과 기업 모두를 위한 지침 원칙으로 등장하여 이를 옹호합니다. 진정한 성공은 선함과 사회적 책임에 뿌리를 두고 있다는 것입니다.

요즘 기업들은 이윤 추구보다는 선한 기업으로 착한 이미지를 부각합니다. 소비자로부터 사랑받는 기업이 되는 것을 목표로 하고 있습니다. 이런 기업들은 소비자의 신뢰와 사랑을 받으며 지속적인 성장을 이룰 수 있습니다.

대표적인 사례로 미국의 '탐스TOMS'라는 신발 회사가 있습니다. 이 회사는 신발을 판매할 때마다 신발 한 켤레를 기부하는 '원 포 원One for One' 캠페인을 진행하여 소비자들로부터 큰 사랑을 받았습니다. 소비자가 신발을 한 켤레 구매하면 탐스는 신발이 필요한 아이들에게 한 켤레를 기부합니다. 이 캠페인은 소비자들에게 신발을 구매하는 것이 단순히 신발을 구매하는 것이 아니라 기부를 하는 것이라는 인식을 심어주어 소비자들의 구매 욕구를 자극했습니다.

또 다른 사례로 한국의 '오뚜기'라는 식품 회사가 있습니다. 이 회사는 다양한 사회 공헌 활동을 통해 착한 이미지를 구축했습니다. 오뚜기는 심장병 어린이 수술비 지원, 장애인 자립 지원, 푸드뱅크 후원, 장학금 지원 등 다양한 사회 공헌 활동을 진행하고 있습니다. 이러한 활동은 소비자들에게 오뚜기가 착한 기업이라는 인식을 심어주었고 소비자들은 오뚜기 제품을 선호하게 되었습니다.

이와 같이 선한 기업은 소비자들의 신뢰와 사랑을 받으며 지속적인 성장을 이룰 수 있습니다. 기업이 선한 이미지를 구축하기 위해서는 사회적 책임을 다하고 소비자들의 요구에 적극적으로 대응해야 합니다.

《부의 품격》을 쓴 저자 양원근은 국내 대표적인 출판 기획사로 성장해 오면서 해온 일과 인생에 대한 철학 '선의지善意志'에 대해 썼습니다. 선의지란 다른 사람을 배려하고 존중하는 마음을 바탕으로 행동하는 것을 의미합니다. 저자는 선의지를 통해 어떻게 부를 이룰 수 있었는지, 자신이 관여했던 다양한 성공 사례들을 제시하며 설명합니다.

성공하기 위해서는 선함을 기본으로 삼아야 한다고 강조하며 사람을 중요하게 여기고 책임지는 사람이 되어야 한다고 말합니다. 부의 품격은 '착하게 살아도 성공할 수 있다'는 메시지를 전달하며 선의지를 다지면서 사는 평범한 사람들, '착한 성공'에 열광하는 대중들, 기업 CEO와 마케팅 담당자들에게 도움이 될 수 있는 내용입니다.

기업의 사회적 책임은 기업이 사회에 미치는 영향을 고려하여 사회에 이익을 환원하고 사회적 문제를 해결하는 것을 말합니다. 예를 들어 환경 보호를 위해 친환경 제품을 개발하거나 사회적 약자를 지원하는 프로그램을 운영하는 것 등이 있습니다.

소비자들의 요구에 적극적으로 대응하는 것도 중요합니다. 소비자들은 자신이 구매하는 제품이나 서비스가 자신의 가치관과 일치하는 것을 선호합니다. 기업은 소비자들의 요구에 적극적으로 대응하여 소비자들이 원하는 제품이나 서비스를 제공해야 합니다. 이렇게 선한 기업이 되어 소비자들의 신뢰와 사랑을 받으면 기업은 지속적인 성장을 이룰 수 있으며 이는 부의 품격을 높이는 길입니다.

이시형 박사는 그가 쓴 《인생내공人生內功》에서 '돈, 시간, 친구, 취미, 건강'의 다섯 가지 부자가 되어야 한다고 주장했습니다. 첫째 '돈부자'는 얼마나 가졌느냐가 아니고 얼마나 쓰느냐에 달려있습니다. 둘째 '시간부자'는 쓸데없는 일에 낭비하여 시간에 쫓기는 가난뱅이가 되지 말고 시간부자가 되라고 합니다. 셋째 '친구부자', 친구가 많은 사람은 인생 후반이 넉넉한 진짜 부자입니다.

넷째 '취미부자'는 늘 생기가 넘칩니다. 즐길 수 있는 일이 있어

나날이 설레기 때문입니다. 지금이라도 취미부자가 되도록 해야 합니다. 마지막은 '건강부자'입니다. 건강이 빈곤하면 위의 모든 것이 무의미해집니다. 특히 다리부터 튼튼해야 합니다. 일찍부터 건강재산을 쌓아 나가도록 해야 합니다.

세계적으로도 부를 가장 오래 누린 것으로 알려진 경주 최부잣집은 봉사를 실천한 부자였습니다. 최부잣집의 육훈六訓은 오늘날의 부자들뿐 아니라 우리가 깊이 새겨야 할 교훈을 안겨줍니다.

첫째, 과거는 보되, 진사進士 이상의 벼슬은 하지말라. 둘째, 재산은 만석萬石 이상 늘리지 말라. 셋째, 나그네를 후하게 대접하라. 넷째, 흉년에는 논밭을 사들이지 말라. 다섯째, 사방 백 리 안에 굶어 죽는 이가 없게 하라. 여섯째, 며느리가 시집오면 삼 년간 무명옷을 입혀라.

경주 최부자집의 육훈은 부의 품격을 높이며 수백 년간 이어오는 나눔의 표본이며 앞으로도 계속될 것입니다.

가진 게 많아야 남에게 베풀까

베이비붐세대들의 어릴 때는 대부분 물질이 부족했습니다. 그럼에도 명절이 되면 설빔을 얻어 입고 떡을 온 동네에 돌리는 수고를 마다하지 않았습니다. 집집마다 떡을 돌리며 어른들한테 듣던 덕담 또한 마냥 좋았지요. 엄마는 딱히 다른 사람들에게 뭔가 빚진 것도 아닌데 콩 한 쪽이라도 나누고 싶어 했습니다. 조건 없이 주는 사랑이 얼마나 행복한지를 설렘으로 행했습니다. 그런 심정을 몰랐던 어린 자식들은 마냥 퍼주는 엄마가 원망스럽기도 했지요.

"엄마는 왜 우리 먹을 것은 조금 남기고 남 다 주는 거예요?"

그것을 이해하기까지는 꽤 오랜 시간이 걸렸습니다. 어머니는 동네 분들이 그저 고마웠고 명절 때라도 그렇게 베풀고 싶었던 것입니다. 사실 그 시절엔 명절이라도 모두가 떡을 할 형편은 아니었지만 엄마는 자신이 좀 덜 먹더라도 넉넉히 해서 나누곤 했습니다. 갸륵한 정성이었지요.

내 배가 부른 후 남에게 주는 것은 베품이 아님을 몸소 실천하신 분이었습니다. 1960~1970년대에는 배곯는 거지가 많았습니다. 거지들은 집집마다 다니며 밥 동냥을 했지요. 우리 집에는 거지에게 주던 독상과 밥그릇, 수저, 젓가락이 따로 있었습니다.

그 당시엔 물건 파는 가게가 흔치 않아 보따리를 이고 물건을 팔던 보부상도 흔했습니다. 꿀과 인삼의 산지인 금산에서 매년 늦여름쯤이면 으레 우리 집에 기거하는 보부상 아주머니가 있었습니다. 그분은 우리 집에서 한 달 여를 공짜로 먹고 자곤 했습니다. 잠자리와 먹거리가 풍부해서가 아니라 단지 어머니 나름의 선행이었지요. 나눔을 알게 모르게 실천한 어머니를 보고 자랐습니다.

물질이 많은 사람이 남에게 주는 것은 어렵지 않을 것입니다. 가진 것이 적은 사람이 남에게 베푸는 것은 몇 배의 가치가 있습니다. 가난하면 가난한 대로 나누려는 따뜻한 마음이 중요하지 않을까요.

어머니의 유머러스한 말은 제 친구들도 지금껏 기억하곤 합니다. 당시 어머니가 웃을 환경은 결코 아니었습니다. 낙천적인 성격이 당신의 역경까지 무마했던 것입니다. 가끔 인터뷰하는 사람들이 제게 가장 존경하는 분이 누구인가를 물을 때가 있습니다. 서슴없이 '어머니'라고 답합니다. 그분은 무학이었지만 생각의 범위는 지대했고 아량이 넓었으며 옳은 것을 옳다고 말하는 진실하고 따스함을 겸한 분이었습니다. 욕심 많고 인색한 사람은 모으는 데만 급급하니 주는 것과는 거리가 멀지요. 아마도 어머니는 공수래공수거, 즉 빈손으로 왔다가 빈손으로 간다는 사실을 잘 알고 계셨던 듯합니다.

어려서부터 마음껏 제 말을 들어주고 공부하란 말을 한마디도 안 했으며 엄마한테 맞거나 꾸중 들어 본 적이 한 번도 없었습니다. 엄마는 공존하는 공기와 같은 존재였습니다. 그런 영향을 받아서인지 저 역시 자식에게 깊이 관여치 않고 스스로 자기 길을 가도록 먼발치에서 무소유자처럼 행세하곤 합니다. 성인이 된 지금도 그렇습니다.

무취 무색의 자취를 남긴 어머니를 닮길 원하며 제 자식도 그렇게 살길 기대합니다. 아이는 부모의 뒷모습을 닮는다고 했듯 남 탓하지 않고 있는 그대로 받아들이며 남도 잘되기를 바라던 무한한 모친의 아량에 가까이 가기엔 턱없이 부족합니다. 남은 여생, 일상에서 조그마한 나눔을 실천한다면 어머니의 마음에 가까워지지 않을까요. 보시의 형태가 꼭 경제적인 것만도 아닐 테니 말입니다.

어머니라는 역할은 크고도 높습니다. 먼저 지식의 유무보다 어떤 사랑을 가졌느냐가 중요합니다. 재산의 유무가 아닌 남에게 베풀 용기가 있는지가 무엇보다 중하지요. 부끄럽지만 나도 인세와 강연료 일부를 '끝끝내엄마육아연구소장학회'에 기부하고 있습니다. 자그마한 베풂이지만 제게는 커다란 기쁨입니다. 사실 여러 기부 단체에 조금씩이나마 보태는 일은 어머니의 마음을 기리기 위함도 큽니다. 내 발로 걸을 때, 내 손으로 직접 도울 때가 진짜 행복이 아닐까 싶습니다. 나눌 수 있음은 일거양득이라 생각합니다. 주어서 기쁜데 되받는 행복의 크기가 훨씬 크기 때문이지요.

큰애 중학생 때 우리 가족은 '밥퍼' 봉사를 가끔 하곤 했습니다. 정성껏 밥을 지어 제공하는 손길들은 매우 경건하고도 정성 가득합니다. 다문화 가정을 위해 온 가족이 개별 계좌로 기부금을 내고, 막내는 어린이 재단에 아동 기금을 내기 위해 자신의 용돈을 아꼈습니다. 어릴 때 집안이 가난했던 남편은 아버지를 일찍 여의고 7남매 막내로 자라면서 형제의 도움으로 공부할 수 있었다고 합니다. 그 은혜를 잊지 않고 수십 명이나 되는 조카들에게 입학금이나 장학금 조로 금일봉을 주어 자신이 받은 은혜를 갚곤 했습니다.

우리 부부는 아이가 가슴 따뜻한 사람이 되길 원했기에 다른 이들을 직접 보며 스스로 느끼게 했습니다. 예를 들면 산책할 때도 국립현충원을 지나 봉천동으로 이어지는 산책로를 일부러 택하곤 했습니다. 30여 년 전의 그곳은 달동네로 주거 환경이 매우 열악했지요. 공중화장실을 이용하고 울퉁불퉁한 골목골목을 누비며 그들의 실상을 눈으로 봄으로써 자신의 삶에 자족하고 세상에는 여러 사람이 공존함을 알도록 유도했습니다.

그래서인지 아이는 자라며 아픈 이를 보면 안타까워했고 명품이 무엇인지조차 모른 채 지냅니다. 부모와 함께 한 공동의 시간들이 알게 모르게 스며들어 자자손손 이어진다면 얼마나 기쁠까요. 더불어 사는 사회에서 나눔이 삶을 풍요롭게 함은 말할 나위조차 없습니다.

놀랍게도 가난한 나라 미얀마가 나눔에서는 세계 1위입니다. 미얀마에서는 '흥애(아)싸' 라는 벼 이삭 묶음인 일종의 참새 밥을 곳곳에 걸어둬 새들에게도 보시합니다. 미얀마 사람들에게 보시는 일상입니다. 영국의 자선 구호단체인 CAF Charities Aid Foundation가 발표한 2016 세계 기부 지표에 의하면 미얀마가 미국을 제치고 가장 자비로운 나라 1위로 꼽혔습니다. 대한민국은 57위였습니다.

우리가 잘 아는 '남수단의 슈바이처'라고 불린 故이태석 신부, 그는 가난했지만 고통받는 지구촌의 불쌍한 사람들에게 따스함을 선물한 분입니다. 남수단의 제자들은 그의 진심 어린 봉사와 사랑을 엿보습니다. 그의 제자들은 이 신부의 삶을 본받고 있습니다. 제자들은 "먹고살기 위해 의사가 된 것이 아니라 이 신부님 때문에 의사가 됐고 신부님처럼 살아가겠다"고 말했다고 합니다. 그들의 헌신적 태도는 남을 사랑하고 돕고자 하는 진정성에서 비롯되었다고 봅니다.

"강은 자신의 물을 마시지 않고 나무는 자신의 열매를 먹지 않으며 태양은 스스로를 비추지 않고 꽃은 자신을 위해 향기를 퍼트리지 않습니다. 남을 위해 사는 것이 자연의 법칙입니다. 우리 모두는 서로를 돕기 위해 태어났습니다. 아무리 어렵더라도 말입니다. 인생은 당신이 행복할 때 좋습니다. 그러나 더 좋은 것은 당신 때문에 다른 사람이 행복할 때입니다." 프란치스코 교황의 메시지가 가슴을 뭉클하게 합니다. 그 말들이 은은히 귓가에 울려 퍼집니다. 가슴 따스한 사람들의 끈이 조금씩이라도 이어진다면 세상은 분명 밝고 맑으며 행복한 터전이 되리라고 봅니다.

동물의 DNA에도
이타심과 나눔이 있다

　최근 350만 년 된 사자 화석이 발견되면서 동물계에서 가장 강력한 포식자 중 하나인 사자의 생존 전략을 이해하려는 관심이 다시 뜨거워졌습니다. 이 놀라운 발견은 사자의 존재 연대표를 되돌릴 뿐만 아니라 사자의 지속적인 생존에 있어서 놀라운 요인인 '이타주의'를 강조합니다. 김경일 교수는 통찰력 있는 기사를 통해 사자의 복잡한 행동을 파헤쳐 사자의 생존이 단순한 힘이나 사냥 능력 이상의 것에 달려 있음을 밝힙니다.

　사자 사회의 중심에는 놀랍도록 협력적인 정신이 자리잡고 있습니다. 이는 이타적인 본성을 강조하는 세 가지 뚜렷한 행동으로 예시됩니다. 첫째, 협력사냥의 실천이 눈에 띕니다. 고독한 포식자와 달리 사자는 신뢰와 협력이 필요한 조정된 전략에 의존하여 종종 그룹으로 사냥합니다. 이 전술은 사냥의 성공률을 높일 뿐만 아니라 사냥에 성공한 후 사자는 음식을 나누어줌으로써 이타적인 행동을 보여줍니다. 사냥은 새끼, 늙은 사자, 부상 당한 사자 등 사냥에 적극적으로 참여하지 않은 사자들을 포함하여 무리 구성원들 사이에서 공유됩니다. 이를 통해 구성원은 자부심을 가질 수 있고 그룹의 건강과 안정성을 지원하는 영양분을 받을 수 있습니다.

도움이 필요한 시기에 형성된 자존심 간 동맹은 놀라운 수준의 이타심을 강조합니다. 어려운 사냥 시나리오에서 단일 무리의 기량이 부족할 때 사자는 다른 무리의 구성원에게 도움을 구할 것입니다. 도움을 구하고 제공하는 행위는 즉각적인 자부심과 충성을 넘어 상호 이익과 호혜성에 대한 더 깊은 이해를 보여줍니다.

사자 사회는 협력에 깊이 뿌리를 두고 있으며, 특히 협동 사냥, 공정한 식량 분배, 도움이 필요할 때의 상호 지원이라는 세 가지 주요 행동에서 분명하게 드러납니다. 사자 프라이드 리더십은 힘이나 지배력에만 기반을 두지 않습니다. 사냥 기술도 중요하지만 리더십에는 관대함과 같은 이타적인 자질도 포함됩니다. 리더를 선택하는 과정은 미묘한 차이가 있으며 잠재적인 리더를 사냥 능력을 넘어 프라이드의 전반적인 복지에 기여하고 유지하는 능력을 기준으로 평가합니다. 이런 측면은 사자 자존심의 복잡한 사회 구조를 강조하며 리더십과 생존이 협력 및 이타적 행동과 어떻게 얽혀 있는지를 말합니다. 가장 강력하거나 가장 지배적인 사자가 리더십을 맡는다는 믿음과는 달리 잠재적인 리더를 평가하는 미묘한 과정이 있습니다. 사자의 우두머리는 사냥 기술뿐 아니라 잠재적 후계자의 관대함도 관찰합니다.

선택된 리더는 직계 외부의 사람들을 포함하여 다른 사람들과 자원을 공유하는 능력을 입증한 사람인 경우가 많습니다. 리더십 승계에서 순수한 힘보다 이타적 특성을 선호하는 것은 협력과 자비를 중시하는 복잡한 사회 구조를 드러냅니다.

사자 사회에서 나타나는 이타주의는 인류 문명에 심오한 교훈을 줍니다. 개인의 성취와 경쟁이 미화되는 세상에서 사자의 삶의 방식은 우리에게 협력과 헌신의 가치를 재고하도록 촉구합니다. 사자의 성공과 장수는 생존과 번영을 보장하는 이러한 특성의 효과를 입증합니다.

더욱이 공격성보다 이타주의를 강조하는 리더십에 대한 사자의 접근 방식은 권력과 성공에 대한 우리의 개념에 도전합니다. 이는 진정한 리더십은 단지 지배력을 주장하는 것이 아니라 커뮤니티를 육성하고 지원하는 것임을 시사합니다.

수천 년 동안 살아남은 사자의 고대 지혜는 이타주의의 힘에 대한 귀중한 통찰력을 제공합니다. 협력과 관용에 깊이 뿌리를 둔 그들의 생존 전략은 지속 가능성과 조화를 위해 노력하는 인류 사회에 강력한 모델을 제공합니다. 미래를 내다볼 때 동물계에서 이러한 교훈을 받아들이는 것은 보다 협력적인 관계를 형성하는 데 중추적인 역할을 할 수 있습니다.

수의에는 호주머니가 없다

"수의에는 호주머니가 없다"라는 말은 죽음 앞에서 모든 물질적소유가 의미를 잃는다는 의미를 내포합니다. 삶과 죽음을 바라보며 얻을 수 있는 한 성공한 사업가의 이야기를 예로 들어 볼게요. 한 사업가는 일생을 통해 엄청난 부를 축적했습니다. 하지만 죽음이 임박하면서 모든 것이 무의미하다는 것을 깨닫습니다. 그의 경험은 물질적 성공이 인생의 유일한 목표가 되어서는 안 된다는 교훈을 우리에게 전합니다.

어느 평범한 한 가정의 어머니는 삶을 통해 가족과의 사랑과 유대를 가장 소중하게 여겼습니다. 죽음이 다가올 때 그녀는 물질적인 것들보다는 가족과 함께한 시간과 추억을 가장 소중한 자산으로 여깁니다.

자선 활동에 몰두한 어느 노인의 경우입니다. 그는 삶의 말년에자신의 재산을 사회에 환원하는 데 사용했습니다. 그에게 중요한것은 물질적 소유가 아니라 살아있는 동안 얼마나 많은 긍정적인 영향을 끼쳤는가였습니다.

어느 예술가의 삶입니다. 그는 죽음을 앞두고 자신의 작품이 어떻게 남을지를 고민했습니다. 그에게 중요한 것은 물질적 가치가 아닌, 자신의 작품이 사람들에게 주는 감동과 영감이었습니다.

평생을 교육에 헌신한 어느 교사의 이야기입니다. 그는 죽음을 앞두고 자신이 가르친 학생들이 어떻게 성장했는지를 회상했습니다. 그에게 있어 진정한 유산은 돈이나 재산이라기보다 자신이 학생들에게 남긴 지식과 지혜였습니다.

이런 예들은 "수의에는 호주머니가 없다"는 말에 담긴 의미가 삶의 진정한 가치는 물질적 소유가 아니라 우리가 남긴 영향과 사랑, 추억에 있음을 깨우쳐줍니다.

삶의 진정한 가치, 수의에 호주머니가 없음을 통한 깨달음은 삶의 말기에 물질적 소유가 아닌 삶의 의미와 가치에 집중해야 한다는 교훈을 상징합니다. 우리가 살아가는 동안 진정으로 중요한 것은 우리의 행동, 사랑, 지식, 남겨진 추억입니다.

'쓰죽회'라는 말도 있습니다. 죽기 전에 쓰고 죽자는 모임입니다. 살았을 때 쓰고 받은 영수증이 자기 것이라는 모토입니다. 죽은 뒤에 남은 돈은 복일까요, 독일까요. 쓰레기장에 주인 없는 돈이 쏟아지고 있답니다. 지난 4월, 한 쓰레기 처리 회사는 혼자 살다가 죽은 노인의 집에서 나온 쓰레기더미에서 검은 봉지에 담긴 현금 4억 원을 발견했습니다.

버려진 유품 속에서 나온 돈이 지난 해에만 약 1,900억 원에 달할 정도라고 합니다. 외롭고 궁핍한 생활을 하면서도 죽음 직전까지 돈을 생명줄처럼 움켜쥐고 있던 중년의 강박감을 말해줍니다.

돈은 써야 내 돈입니다. 내가 번 돈이라도 내가 쓰지 않으면 내 돈이 아니라 남의 돈입니다. 노인들이 돈에 집착하는 이유는 무엇일까요? 자식이나 사회로부터 버림받았을 때, 최후에 의지할 것은 돈밖에 없다는 생각 때문입니다. 사실 그 정도로 비참한 경우라면 돈이 있어도 무용지물입니다. 내가 죽으면 돈도 소용 없고 자식에게 상속한다고 자식이 행복해지지도 않습니다.

오래전에 코미디계의 황제라 불리던 故이주일 씨의 묘가 사라지고 묘비는 뽑힌 채 버려졌다는 충격적인 소식이 전해졌습니다. 자식들이 묫자리까지 팔아 다 썼다고 합니다. 한참 밤무대를 뛸 때는 자고 일어나면 현금자루가 머리맡에 놓여있었다고 회고했을 정도로 큰 부를 거머쥐었고, 그 부동산을 지금 가치로 따지면 500억 원으로 추산된다고 합니다.

폐암으로 세상을 떠나기 전 금연광고 모델로 나와 흡연율을 뚝 떨어뜨릴 만큼 열심히 살았고, 세상 떠난 뒤 공익재단과 금연재단 설립까지 꿈꿨던 그에게 무슨 일이 일어난 것일까요. 그의 유족들은 기껏해야 1년에 100만 원 안팎인 묘지 관리비를 체납했을 정도로 유산을 탕진했답니다. 잘못된 재산상속은 상속인에게 독毒이 든 성배를 전해주는 꼴입니다.

국내 재벌치고 상속에 관한 분쟁이 없는 가문이 거의 없습니다. 재벌뿐 아니라 평범한 가정에서도 재산 상속을 놓고 가족 간에 분쟁이 심합니다. 전부 원수로 지냅니다. 남기는 건 재산인데 결과는 형제자매 간의 원수관계를 만듭니다.

유산을 놓고 싸움질하는 자식보다 재산을 물려주고 떠나는 부모의 책임이 더 큽니다. 싸울 수밖에 없는 구조를 만들어 놓고 세상을 떠났다고 해도 과언이 아닙니다. 내 자식이나 형제는 다른 사람들과 다르다는 생각은 경우에 따라서는 착각일 수 있습니다. 상속을 둘러싼 가족 간의 갈등을 생각해보면 "수의에는 주머니가 없다"라는 말 뒤에 숨은 가슴 아픈 진실이 분명해집니다. 궁극적으로 우리는 물질적 부분만 아니라 불화의 가능성도 남기고, 단순한 소유보다 화합과 이해를 키우는 것이 중요하다는 점을 기억해야 합니다.

삶과 죽음은 일직선상에 있다

티베트 속담에 "죽음과 내일 중에 어느 것이 더 빨리 올지 아무도 모른다"는 엄중한 이야기가 있습니다. 삶과 죽음은 마치 동전의 양면처럼 우리의 인생에서 뗄 수 없는 존재입니다. 우리는 모두 삶을 살아가고 있지만 그 끝에는 언제나 죽음이 기다리고 있습니다.

삶은 태어나는 순간부터 시작됩니다. 세상의 빛을 처음 보며 부모님의 사랑과 보호 아래에서 성장합니다. 걷고 말하고 생각하며 세상을 배우고 경험합니다. 삶은 우리에게 많은 기회와 도전을 제공하며 그 안에서 성장하고 발전합니다.

하지만 삶은 영원하지 않습니다. 언젠가는 죽음을 맞이하게 됩니다. 불교의 창시자인 석가모니는 생로병사가 '고통 그 자체'라고 했습니다. 석가모니도 노화와 죽음을 피하지는 못했습니다. "생로병사의 고통에서 해탈했다"는 석가모니의 선언을 어떻게 해석해야 할까요? 석가모니의 진심은 이렇습니다. 늙음과 죽음 자체는 고통이 아닙니다. 이에 대한 그릇된 해석이 고통을 불러오는 것입니다. 자연스러운 흐름을 거역하려는 어리석은 태도가 바로 고통입니다. 누구에게나 찾아오는 늙음과 죽음을 혐오하며 거부하고 피하려는 발상은 얼마나 어리석은가요. 그러므로 우리는 늙음과 죽음에 대해 공부해야 합니다.

죽음은 우리의 삶을 끝내는 것이지만 그것이 끝은 아닙니다. 죽음은 새로운 시작이기도 합니다. 죽은 후에도 우리의 영혼은 계속해서 살아갑니다. 우리의 기억과 유산은 가족과 친구들에게 남아 있으며 그들은 우리를 기억하고 그리워합니다.

죽음은 삶의 소중함을 가르쳐줍니다. 우리는 삶을 최대한 즐기고 의미 있는 일을 하며 다른 사람들과 함께 행복하게 살아야 합니다. 삶을 통해 새로운 경험을 쌓고, 자신의 꿈을 이루기 위해 노력해야 합니다. 가족과 친구들과 함께 즐거운 시간을 보내고 자신의 삶을 더욱 풍요롭게 만들기 위해 노력해야 합니다. 그러한 삶은 우리에게 희망과 기쁨을 줍니다.

또한 죽음은 우리에게 삶의 한계를 가르쳐줍니다. 죽음을 두려워하지 않고 자연스러운 것으로 받아들여야 합니다. 죽음을 준비하는 것은 우리가 삶을 더욱 의미있게 살아갈 수 있도록 도와줍니다. 우리는 죽음을 생각하면서 자신의 삶을 되돌아보고, 자신이 원하는 삶을 살기 위해 노력하게 됩니다. 또한 죽음을 준비하면서 가족과 친구들과의 관계를 더욱 소중하게 생각하게 됩니다.

죽음의 사례를 들어보면, 어느 한 사람이 병에 걸립니다. 그는 병원에서 치료를 받으며 가족과 친구들의 응원과 격려를 받습니다. 그는 자신의 삶을 되돌아보며 자신이 이룬 것과 이루지 못한 것을 생각합니다. 그는 죽음을 맞이하면서 자신의 가족과 친구들에게 사랑과 감사의 마음을 전합니다.

이처럼 삶과 죽음은 일직선상에 있습니다. 이 둘은 서로 다른 끝과 시작이지만 사실은 하나의 선 위에 있는 두 점과 같습니다. 우리는 삶을 최대한 즐기고 죽음을 자연스럽게 받아들여야 합니다. 그렇게 함으로써 삶과 죽음을 모두 존중하고 삶을 더욱 의미 있게 만들 수 있습니다.

1인 1책갖기 새마음운동

  '1인 1책갖기 새마음운동'은 대한민국이 선진국으로 나아가는 데 있어 매우 의미 있는 발걸음이 될 수 있습니다. 이 운동은 특히 시니어 세대의 책쓰기를 통해 더욱 풍부한 문화적, 사회적 가치를 창출할 수 있습니다.

  일본의 경우 과거에 거지도 책을 읽을 정도로 책 읽기가 일상화되어 있었습니다. 동네마다 도서관을 지어 책을 읽고 쓰는 문화를 확산시켰습니다. 이런 문화는 일본의 발전에 큰 역할을 했습니다.

  책 읽기와 쓰기 문화를 확산시키는 일환으로 디지털책쓰기대학에서는 '1인 1책갖기 새마음운동'을 벌이고 있습니다. 이 운동은 특히 시니어 세대의 책쓰기를 통해 더욱 풍부한 문화적, 사회적 가치를 창출할 수 있습니다.

  시니어들은 그들의 삶과 경험을 통해 역사적 사건들과 개인적인 교훈을 기록할 수 있습니다. 이런 기록은 후세대에게 중요한 역사적 교육 자료가 될 수 있으며 과거와 현재를 잇는 다리 역할을 합니다.

시니어들은 직업, 취미, 인생 경험 등 다양한 분야의 지식과 지혜를 축적해 왔습니다. 이런 지식을 책으로 정리하고 공유함으로써 사회 전체의 지식 수준을 향상시킬 수 있습니다.

세대 간의 격차는 종종 소통 부족에서 비롯됩니다. 시니어들의 책쓰기는 젊은 세대가 이전 세대의 삶과 가치를 이해하는 데 도움을 줄 수 있습니다. 책쓰기를 장려하는 방법으로 정부나 지역 커뮤니티에서 시니어들을 대상으로 한 글쓰기 교육 프로그램을 개설하여 책쓰기에 필요한 기술과 지식을 제공할 수 있습니다.

시니어들이 작성한 책의 출판과 배포를 지원함으로써 그들의 작품이 더 넓은 독자층에게 도달할 수 있도록 할 수 있습니다. 책쓰기를 장려하기 위한 공모전을 개최하고 시니어들의 작품을 전시회나 도서관에서 소개할 수 있습니다. 이런 행사는 시니어 작가들에게 동기를 부여하고 그들의 작품에 대한 관심과 인식을 높일 수 있습니다.

디지털 시대에 맞게 온라인 플랫폼을 활용하여 시니어들의 책쓰기를 지원합니다. 이러한 플랫폼은 시니어 작가들이 자신의 작품을 전자책 형태로 출판하고 더 넓은 독자층에게 손쉽게 접근할 수 있도록 돕습니다.

특히 디지털코칭협회에서는 스마트폰 하나로 책글쓰기를 권장하고 있습니다. 온 국민이 1인 1책갖기를 한다면 선진 대한민국으로 나가는 지름길에 일조를 할 것이라 봅니다.

2024년 1월 26일 IMF가 내놓은 2024년도 전망치를 보면 한국은 올해 1인당 GDP 3만 4,653달러로 조사 대상국 가운데 32위에 올랐습니다. 일본은 3만 4,554달러로 한 단계 아래인 33위를 기록했고요. 물질적으로는 세계 10위권 안에 드는 경제대국입니다. 거기에 1인 1책갖기로 사회 문화적 지적 자산까지 합쳐진다면 더할 나위 없이 좋겠습니다.

지역 도서관, 학교, 커뮤니티 센터와의 연계를 통해 시니어들의 책쓰기 활동을 적극적으로 홍보하고 다양한 세대가 참여할 수 있는 독서 프로그램을 개발할 수 있습니다.

'1인 1책갖기 새마음운동'은 시니어 세대가 자신들의 지식과 경험을 공유함으로써 사회에 기여할 수 있는 중요한 기회를 제공합니다. 이런 운동은 세대 간의 이해와 소통을 증진시키고 지식 기반 사회로의 발전에 기여할 것입니다. 시니어들의 책쓰기는 단순히 글을 쓰는 행위를 넘어서 그들의 삶과 지혜가 후세대에 전달되는 가치 있는 방법이 될 것입니다.

미얀마에 희망의 꽃씨를 심다

지난 해 11월이었습니다. 사전 예고도 없이 불쑥 남편한테 미얀마에 다녀오겠다고 이야기했습니다.

"아니 여보, 지금 미얀마는 심한 내전으로 포성이 울리고 총알이 날아다니는데 무슨 출장을 간다는 거요?"

"저도 걱정이 되었는데 수도 양곤은 괜찮대요, 양곤에서만 있을 거니 걱정마세요."

결정을 했지만 속으로는 은근히 걱정되는 것도 사실이었습니다. 회원들 15명이 단체로 가고 정해진 코스만 다녀온다는 말에 어느 정도 안심이 되었습니다.

수년 전부터 미얀마 청소년 장학회에서 봉사하는 분들과 만나면서 언젠가는 그곳에 직접 가보고 싶었습니다. 미얀마는 3년이 넘는 내전과 코로나19로 인해 통로가 막혀 오가는 게 불가능했습니다. 코로나19가 수그러들면서 하늘길이 열려 드디어 기회가 왔습니다.

처음 가본 미얀마는 시계를 50년쯤 뒤로 돌려 놓은듯 했습니다. 과거 1960~1970년대 우리의 얼굴이 그곳에 있었습니다. 선진국으로부터 원조 받은 노란 옥수수빵을 먹고 우유를 배급받으며 자랐던 시절이 떠올랐습니다. 그것이 계기가 되어 '코미희망장학회'가 탄생했습니다.

얼떨결에 제가 지원을 총괄하는 코미희망장학회 단장을 맡게 되었습니다. 여기에서 '코미'란 코리아와 미얀마의 앞 자를 따서 이름을 지었습니다. 코미희망장학회는 빛과나눔장학회에서 200명 현지 장학생과 글로벌 한글 글쓰기대학의 50여 명 중 어렵게 유학 온 학생들을 위한 봉사 단체입니다.

지난해 성탄절에 코미희망장학회가 출범하여 첫 번째 정착금을 전달했습니다. 벚꽃 몽우리들이 곧 터질듯한 봄날, 1/4분기 장학금 전달식이었습니다. 유학생들이 예쁜 모습으로 점심 식사 장소에 모여들었습니다. 한국에 온 유학생 네 명은 디지털책쓰기 4대학에서 줌으로 한국어를 공부하는 회원이기도 합니다. 그곳에서 2년간 원어민 작가 선생님들의 한국어 글쓰기 온라인 교육이 자신들의 유학 준비는 물론 한국에서의 생활에 많은 도움이 되었다고 고마워했습니다.

한국에 유학 중인 미얀마 유학생들은 미얀마 경제의 어려움으로 환율이 두 배나 폭등한 데다 한국의 고물가와 언어 및 문화 차이로 학업과 생활에 어려움을 겪고 있습니다. 이들에게 꿈과 희망을 주고 한국에 조기 정착 및 학업 증진을 위한 제반 지원 활동을 하기 위해 빛과나눔장학협회 소속하에 코미희망장학회를 만들었습니다.

활동으로는 처음 그들이 한국에 들어올 때 정착금 조의 기초생활비를 얼마 정도 제공합니다. 게다가 한국어 교육 및 문화 이해, 생활 상담 및 심리 지원 및 교육 및 진로 지도, 기타 필요한 지원 등을 합니다. 물질적 지원뿐만 아니라 정신 교육을 통해 그들이 미래를 설계할 수 있도록 용기를 북돋기 위함입니다.

미얀마 학생들 후원 기간은 1년입니다. 1년 이후에는 자력으로 한국생활이 가능하게 전공과 연결되는 양질의 일자리가 마련되도록 진로를 지도해 주는 데 목표를 둡니다. 후원 자금은 미얀마 학생들에게 생필품, 교재, 교육 비용, 생활비 등을 지원하는 데 사용합니다. 1년 뒤에는 새로 유학오는 학생들을 대상으로 다시 1년을 지원을 하게 됩니다.

유학생은 한국에 유학와 생활하며 여러 어려움을 겪습니다. 저희 장학회는 그들의 어려움을 조금이라도 덜어주려 다양한 지원을 강구하고 있습니다. 그들이 받기로 된 기본적인 국가장학금을 유지하려면 공부를 열심히 해야 합니다. 또한 일상생활을 위해서도 아르바이트를 두서너 개 겸해야 하는 형편입니다. 어느 날 그들이 한 끼 식사로 하루를 견딘다는 이야기를 전해 듣고 너무나 가슴이 아팠습니다. 그렇게 탄생한 게 코미희망장학회입니다.

60년대까지 미얀마버마는 일본, 필리핀과 더불어 아시아의 3대 부국이었습니다. 6·25 전쟁 때 우리나라에 쌀을 보내준 고마운 나라였습니다. 거꾸로 지금의 미얀마는 우리가 도와주어야 할 나라가 되었습니다.

미얀마 국민소득은 2020년 기준으로 1,200달러 정도이고, 전기 보급률이 겨우 40% 정도로 밤이 되면 별만 반짝이는 가난한 나라입니다. 과거 전쟁 폐허 속에서 외국의 원조를 받으며 배고파하던 때의 한국과 지금의 미얀마 사정은 거의 비슷합니다. 하지만 국민들의 기부정신은 아직도 세계 1위이며 나눔으로 거지가 없는 따스한 나라입니다.

코미희망장학회의 시작을 크리스마스 날로 잡은 이유에는 특별한 의미가 있습니다. 그것은 바로 나눔의 상징입니다. 그들에게 얼마 되지 않는 정착금을 주는 것을 기점으로 어제 모임은 두 번째였습니다. 어제 모인 유학생들이 너무 착해 보여 대학생인데도 꼭 중고등학생 같은 느낌이 들 정도로 순수합니다. 한국말도 무척 잘해서 놀라울 정도입니다. 그들이 열심히 공부해 어려운 자국에 등불이 되길 소망합니다. 우리도 과거에 많은 나라에게 빚을 지며 여기까지 왔습니다. 이제 갚을 때가 되었습니다.

요즘 미얀마에는 한국에 유학오거나 취직해 오기를 최고의 꿈으로 여기는 젊은이들이 많습니다. 미얀마 내전이 지속되면서 국내의 사정이 여러 면에서 더 불리해지고 있습니다.

작년에 미얀마를 방문했을 때 곧 미얀마에 봄이 올거라고 전해 들었습니다. 아직은 봄이 요원해 보입니다. 그럴수록 그 어려움 속에서 초롱초롱한 눈망울을 가진 그들이 희망을 잃지 않고 열심히 지내는 걸 보면서 가슴이 뿌듯하고 따스함을 느낍니다.

조동화 시인의 〈나 하나 꽃피어〉라는 시가 생각납니다. 나 하나 꽃피어 풀밭이 달라지냐고 말하지 말라는, 나 하나 물들어 산이 달라지겠냐고 말하지 말라는 그의 시처럼 우리의 작은 행동이 누군가의 인생을 크게 변화시킬 수 있습니다.

남은 여생 작은 것 하나라도 세상에 기여해보자는 마음으로 나눔을 실천하기 위해 '코미희망장학회'에 성큼 발을 내디뎠습니다. 시작에 불과하지만 거북이처럼 한걸음씩 나가보려 합니다. 꽃 몇 송이가 계속 모이면 멋진 화원이 될 것이고 그 화원은 미얀마의 희망 동산이 될 것입니다.